Childhood

童年漫游者

［加］安德烈·亚历克西斯 著
胡洲贺 译

北京联合出版公司
Beijing United Publishing Co.,Ltd.

新经典文化股份有限公司
www.readinglife.com
出 品

献给

苔克拉·卡特林

米歇尔·利兹

丹尼斯·安

以及

贺拉斯·克雷托·亚历克西斯

除了留存女性之声
和不实之事的书外,
你还看些什么书?
…………

而你所写的书
将飒飒诉说不实之事——
如同梦境一般,
因为太真实而不真实。

——让-约瑟夫·拉贝阿利维洛①

---

①让-约瑟夫·拉贝阿利维洛(Jean-Joseph Rabearivelo,1901 或 1903-1937),非洲最杰出的法语诗人之一,有"马达加斯加现代文学之父"之称。

目录 Contents

历史 ······ 1

地理 ······ 89

打扫房屋 ······ 265

附注 ······ 315

历史

1

母亲过世已经六个月了,亨利离世的时间稍短。这段时间我一直待在家中,并将一切维持得整整齐齐。

他们盘踞我大部分心思。

我一直思索着爱情,你知道吧,而他们的爱情是我所见过最早也最令人困惑的罗曼史。我当时不了解,如今依然觉得古怪,只不过现在回想起来,又多了一份伤感。

可我还是会深思,或者说必须深思。

我决定写作,决定在打扫屋子和做关于你肩膀的梦之间,做点儿事。

并非因为我无所事事。

我大量阅读和烹饪,除此之外,你会讶异于一个房间里里外外有多少事得做。告诉你，那一点儿也不枯燥，但消遣取决于纪律。你必须将一天划分成可控的时间量，而那得动用一个时钟和少许的决心。

那需要制定一张时刻表：

七点：闹钟唤醒。

八点：整理卧室。

九点：喂亚历山大（种子）。

十点：读诗。

十一点：继续读诗。

十二点：准备当天的饭菜，吃饭。

下午一点：写信（给《市民报》）。

下午两点：整理卧室。

下午三点：泡茶。

下午四点：外出散步，散步时想着你。

（我们已经认识一年多了。）

下午五点：看报纸。

下午六点：读哲学书。

晚上七点：继续读书。

晚上八点：默思所读的内容。

晚上九点：喂亚历山大（水果、蔬菜）。

晚上十点：洗澡。

晚上十一点：安排第二天的日程。

晚上十二点到清晨六点：睡觉。

当然，这样你看不出来我的生活有多充实，从睡梦中醒过来无须花费一个小时，喂亚历山大也不需要一个钟头。我可以在十五分钟内泡好茶，也有无信可写的日子，亦不局限自己只读诗和哲学，而且尽管一天整理两次卧室，整理的方式仍分许多种，视需求而定。

然而这些都没能给予我想要的专注。所以我沉思。经常沉思。

或许写作是我需要的纪律。

所以我要写，准确地说，是要想着你，从头写我的母亲和亨利，以及爱情。

我有个特殊的童年。

我一出生，父母便分道扬镳，然后我就被送去与外婆一起生活。

我的外婆埃德娜·麦克米兰太太住在佩特罗利亚①。

我觉得外婆并不乐意抚育我。她已过了宽容大度的年纪，

---

①加拿大安大略省小镇。

脾气也不好。（五六岁时，我正处于思考上帝如何创造他自己无法举起之山的阶段，直到外婆告诉我说上帝根本不存在，所以继续思考下去也没用。）

还有，她过去常喝很多蒲公英酒，而打从我可以分辨蒲公英和蓟草开始，她就派我到邻近地区的草地和原野将它们采集一空。*

外婆不是个残酷的女人，但性情多变。你总是搞不清楚要如何配合她，至少我做不到。她只爱自制的酒和阿奇巴德·兰普曼①的诗：

> 从卷向南方的平原，幽幽暗暗地，
> 一条空白、赤裸的路奔至我身边；
> 它仿佛要游上那陡峭的山丘，
> 越过，并融入耀眼的光芒……

以下略……

---

* 一到夏天，我家对街的草地就长满黄色蒲公英和带刺的蓟草，散发出杂草和松树的味道。

除了采蒲公英的篮子外，我总是随身携带一个玻璃罐子，好抓蚱蜢和蟋蟀。事实上我的绝大部分时间都被昆虫所占据：找到它们，捕捉它们，在放生前欣赏它们的翅膀和触角。（本书中原注用星号表示，译注用序号表示。）

① 阿奇巴德·兰普曼（Archibald Lampman, 1861–1899），加拿大联邦诗人重要成员。

酒和兰普曼，奇怪的组合，但我一度用诗对抗酒，所以对诗歌心怀感激。

当我被抛弃，送给外婆抚养时，她已经六十五岁了。她是位退休教师，瘦得像根罗盘针，顶着一头白发，眼睛是红褐色的，鼻子略歪向脸的一边。

就外形而言，很容易就能猜到她的穿着。她通常穿两条长裙中的一条：要么是白底红黑花色、短袖的夏日长裙，要么是黑底红白花色、长袖的冬日长裙。她每天早上七点起床，喝一小杯酒。要是前一晚睡得不好，她会喝两杯。

也许在遥远的过去，这样做可以镇定她的神经，但到了我认识外婆的时候，酒一点儿也不管用了。

碰上她心情真的很糟糕时，谁也不知道早餐会是什么。一直到七岁前，我都以"帕布伦"①当早餐，所以早餐肯定会有帕布伦麦片。有时她会亲自喂我。有时她把一碗帕布伦麦片摆在我面前。有时给一只汤匙，有时给一把叉子。还有一次，她一时轻率，竟用木头汤匙当发射器，将锅中热乎乎的麦片朝我发射过来。

日子怎么过，通常取决于早餐。

我不是说自己饱受虐待，但的确有过她用木头汤匙痛打

---

① 加拿大儿科医生发明的帮助预防佝偻病的婴儿麦片。这一词也泛指平淡乏味的事物。

我的时刻，也有过她身旁有什么就用什么打我的时候（不知道别人有没有被鸡蛋搅拌器打过，但我被打过一次）。我不是总能想得起来她为什么打我，而且她打我也不是都有个好理由。但我记得自己用外婆喜爱的兰普曼对抗她的那次，的确是我做错了事。

那次，我在屋前的草地上跌倒，被一个玻璃瓶割破了手，我应该开口要绷带的，却想自己去拿。绷带就放在浴室柜子的下层，我若踮起脚尖，刚好够得着。但结果我却打翻了一瓶碘酒。它落在洗脸台中摔碎了。外婆马上过来看发生了什么事。

那时我大概六七岁吧，根本不是外婆的对手。她正在喝酒，还拿了只煎锅。眼见它高举在我头上，我急忙用双手护住自己的头。也不知道是什么启发了我背诗，反正我就是背了：

如今夏天已届临她金黄的结尾，
灵魂的光辉，迷失在她的玉米田中，
从她神圣的安息中几乎察觉不到
多么近，多么快，那必然的终点……

我就站在那儿，双手高举，尖声叫出《九月》的第一段，那是我唯一熟记的兰普曼，从外婆那儿听过几百遍了。

而那首诗安抚了她。

"聪明的猴子。"外婆说。

然后她跟跟跄跄地走回厨房和她的厨具旁。

现在说来好像难以置信,然而我真的记得诗中的每一个字。让这件事更非比寻常的是,在那个年纪,兰普曼的诗意我根本不可能理解多少。

在和其他一些地方比较过后,现在我可以说,佩特罗利亚并不十分有趣。不过对一个孩子来说,我想它还不失为一个好地方,这里非常接近大自然,有泥土、老鼠、青蛙、昆虫、吐泡泡的产卵鲤鱼、乌龟和小鸟。

冬天的小镇一片白茫茫的,十分寒冷。它春天潮湿,夏天温暖,秋天又冷起来;正是你能想到的南安大略景象。人不多,房子更少。有个高尔夫球场,一家瓷砖工厂和一座水坝。春天,城中唯一一条河流泛滥之时,总会想办法带走一个小孩。

我当时的朋友——我指的是在我五六岁时——有桑迪·伯威克、古德曼姐妹和舒瓦兹一家,他们全都住在附近。

桑迪家的后院和我家的相连。他父亲叫瑞弗隆·伯威克。我们成为朋友的原因在于我是唯一能够忍受他孩子。

我们第一次见面的情形如下:

我在花园里除草,桑迪站在篱笆的另一边说:

"我姓伯威克……你在做什么?"

"除草。"

"帮麦克米兰太太?"

"帮我外婆。"

"她很老了……"

"是,她是挺老的。"

"她是基督徒?"

"我想不是。"

"噢……好可怕……"

他走开了。他穿着短裤和及膝白袜。一分钟后他又回来说:

"她得信基督教,你知道吧!"

然后他又走开了。

我不知道他在说些什么,但好像意味深远。他条列了事项:我外婆老了,她不是基督徒,她得信基督教。

我们的邻居一边是古德曼家,另一边是舒瓦兹家。

古德曼家三姐妹是:简、安德莉亚和玛格丽特。她们都顶着调皮的发型,每月的第一个星期五由古德曼太太亲自操剪。三姐妹的人缘极好,每天通常都有半打左右的女孩在古德曼家后院玩到五点;如果她们没在院子里,就是在地下室玩洋娃娃,或是用便携式录音机听音乐。

古德曼家的地下室让我目眩神迷。用条板镶嵌的墙壁散发出松木味道。楼梯底附近有座吧台，台面是白色防火板。吧台后面的架子上摆着颜色明亮的酒瓶，还有些神秘的小器具：一个身着泳衣的女人形状的存钱罐，一个形如微型高尔夫球杆的开瓶器，一个杯身带有突出的肉色乳房的马克杯，和一些封有苍蝇的塑料冰块。墙壁上钉得到处都是从佛罗里达寄来的明信片，以及古德曼夫妇度假时拍的快照。

地下室铺着地毯，有安乐椅和填充沙发。隔间里则摆了张乒乓桌。一切都显得那么奢华，那么富有。

相比之下，我们的地下室根本是间幽暗发霉的刑房。

我不常去古德曼家，一来因为自己害羞，二来因为古德曼先生并不喜欢我，但我却是在古德曼家学会了跳绳，学会了双绳花样跳，学会了分辨穿夏装和穿运动服的洋娃娃，学会了制作纸糊头和剪纸。

还有，玛格丽特·古德曼碰巧是我的初恋。

另一边的舒瓦兹家住在一栋两层楼的红砖房子里，那是格洛弗街上最小的房子，也是最美的。整栋房子覆盖着常春藤，四周被率性生长的树篱围绕，门两旁的窗前摆着白色花盒，春天时总是开满了郁金香。

我认识她们时，舒瓦兹太太二十五岁，她的女儿艾琳五岁。

记忆所及，莉莉安·舒瓦兹是唯一向我谈及母亲的人：

孩提时代的母亲，她喜欢的洋娃娃，她读的书，她玩耍过、曾从跷跷板上跌落的国王路上的公园；青春期的母亲总和父母吵架，穿上某些特定的衣服时格外漂亮；然后在她十七岁那年，她随同一个从萨尼亚①来的人，突然离开了这里。

在莉莉安·舒瓦兹关于母亲的讲述里，我看到了自己的影子。我猜测母亲瘦削、害羞、不快乐。

还有，舒瓦兹太太从来不会用居高临下的姿态与我说话，她将我当成同辈一样对待。比如，当她读函授宗教课程时，我就像被推进了一个充满迷人的野草、垂死的圣人和无法安息的死者的骇人宇宙里。

直到今天，每当我想到亚历山大城的斐洛②，都会不寒而栗，但莉莉安·舒瓦兹却是排在外婆之后，我最喜爱的大人，而且在我眼中，她更值得信赖。

2

如今我见识过许多不快乐的人，总算理解了外婆的痛苦。

---

① 加拿大安大略省西南部城市，靠近佩特罗利亚。
② 亚历山大城的斐洛（Philo of Alexandria，约公元前20年－公元40年），基督教哲学的奠基人，史上企图将宗教和哲学结合的第一人。

她过的一直都不是自己想要的生活。晚婚，之后丈夫又离她而去。(其实外公是死了，不过，我认为她始终无法原谅他的离去。)

她教了多年小学，尽管她不喜欢小孩，而且会用"狗娘养的"之类的粗话骂不知感激的孩子。在经历了那样的生活之后，又住在一个偏远的小镇，除了沉溺于饮酒和坐等退休金支票外，她还能做什么？

然后我又被硬塞给她。

她可以溺死我，毒死我，将我丢在车流中，或扔去喂野狗——所有一切她恐吓说要做的。但相反地，外婆用自己的方式庇护了我。(甚至，在我记忆的边缘，还有在外婆怀中沉睡的画面：她酸酸的味道，她干燥的白发……)

我不知道对我的每一份慈爱耗费了外婆多大的力气。想象一下，她如何照顾一个小孩的吃穿，最要命的是这孩子神似她那鲁莽的女儿。

还有她的朋友，两三个时常来串门的老太太。她们身上散发着婴儿爽身粉和脏衣服的味道。她们用手执起我的下巴，把我摇晃得头晕目眩，然后说出诸如此类的话：

"他看起来就像卡达琳娜……"

"看起来不像你有在照顾他，艾蒂①……"

---

① 即外婆的名字"埃德娜"的昵称。

"他简直是头小野兽……"

"我不认为你有好好养他……"

再多摇几下我的脸。

那一定又在伤口上抹了盐。

所以,我的存活纯属意外。一明白这个道理后,我便尽量回避外婆。她越少看到我,就越容易容忍我。

好了,如同先前提及的,我在花园拔草时碰到了桑迪·伯威克。

他认为外婆应该信教的想法仍然有些超出我的理解范围。直到舒瓦兹太太开始她的研修之前,宗教话题始终不是我的重点。记忆所及,我们——我和外婆——一点儿也不虔诚,是她告诉我神不存在的,而我们也几乎没有一起看过教堂内部。

桑迪所受的教育显然迥异于我。他父亲是联合教堂的牧师。他全家都很虔诚,不过我不认为这能说明他的热情。他只是在头脑中紧紧抓住了一个念头,不肯放开。

在我们首次碰面后不久,我又来到后院。那是个炎热的日子,花园一片干枯。(我们称它为花园,但其实那儿根本没有所谓的"花",只有一排虽然属于伯威克家,却朝我们这边下垂的向日葵。)我找到了一根可以在花园挖洞的树枝,还发现了一座蚂蚁丘。

这次在桑迪开口和我讲话之前,我就先看到他朝我走来。

"你想交朋友吗?"他问道。

"我无所谓。"

"你在做什么?"

"挖洞。"

"做什么用?"

"我不知道。"

"你想看看我的家吗?"

"好啊。"

我对别人家的房子很着迷。伯威克家尤其让我印象深刻。他家闻起来很干净,干净得不似人间。

通往二楼的楼梯铺着地毯。厨房一尘不染:没有帕布伦麦片的污渍,没有油腻的瓷砖,没有暴力的迹象。为数不多的家具全都线条笔直。(虽然其他的房子更加友好,但伯威克家才是我会选择居住的地方。)

我们一进去,伯威克太太便前来迎接。

"你来了,亚历山大①,"她亲吻着桑迪的耳朵用法语说,"你交到了一个朋友?替我介绍一下好吗?"

---
① 桑迪正式的名字,桑迪是昵称。

她将桑迪拉近,在我们作介绍时客气地微笑,很高兴儿子交到了一个朋友。

"亲爱的,要吃点儿东西吗?午饭已经过了两个小时了,难道你不饿?来,你一定饿了,吃点儿东西吧。"

她带我们到餐桌旁,放了一篮橘子在我们面前,又切了两块(鲜黄色、甜得让人受不了的)蛋糕放在小盘子里,还帮我们端来两杯牛奶。

桑迪没兴趣。他光看着我吃,自己的食物碰都没碰。他母亲想尽办法怂恿他,站在后面把玩桑迪的头发,轻声和他说话,自己还咬了一小口蛋糕,最后桑迪终于从自己那块挖了一小角,放在舌尖上。

"你看!"他母亲说,"唔,好吃,好吃……"

我看得满头雾水,外婆从不为我吃不吃东西着急,而我则是面前有什么就吃什么。

我们吃完点心后,伯威克太太还检查了一下桑迪的盘子。他吃的分量已足以令她满意(半块蛋糕、一片橘子),所以她放我们走了。

桑迪的房间和屋子其他地方很像,也是铺着地毯,没什么特别的味道。墙壁雪白,配上一张铺得整整齐齐的床,上头挂着一幅一群小孩环绕着耶稣的画。

还有矮矮的书架,摆满了法文书。*

在其中一个书架上,桑迪摆了个白老鼠笼,里头有两只老鼠:艾莲和皮耶。

---

* 我不知道他的情况是如何,但我是从四岁开始读书的。而那段由外婆教导学习阅读的过程,是份不折不扣的创伤。我刚会叫"婆婆",外婆就从字母开始教起,在餐桌上一待就是好几个钟头:幼小而紧张的我坐在一头,配备卡片和戒尺的外婆坐在另一头。你完全可以相信我学字母学得飞快。

"把手放在桌子上,看,这是什么?"

"A?"

"对,那这个呢?"

"D?"

啪!我的指关节挨了一下。

"你用猜的吗?"

"O?"

啪!指关节又挨了一下。

"不要猜,这是什么?"

"是D。"

"对,那这个……?"

我们从字母本身再学到它们的发音。这就更令人费解了。"A"的发音怎么可能是:

father(父亲)的"A"

make(做)的"A"

have(有)的"A"

规则何在?

在练习发音时,外婆也不会局限于短单词。每逢"bake"(烘焙),一定会有"prestidigitate"(戏法)、"necromancy"(妖术)或"manoeuvre"(对抗演习)。的确是很难的词,不过我还是学会了它们的发音,而她也从来没打断过我的手指头。

然后我们就开始阅读。

如果有简单些的东西一定很好,像是《鹅妈妈童谣》或《蓬头彼得》。但相反,我们读的是英国诗和狄更斯,一卡车的狄更斯。

公平地说,以这种方式认识英语是件愉快的事,但我刚赢得信心,她就开始教法文。我用相同的方法学会了这门语言,尽管我说起来带特立尼达口音。

干净的房子、整洁的房间、清爽的后院，总体来说，就是桑迪的世界。

其实，他更愿意去打棒球，在高尔夫球场的水障碍区里游泳，朝路过的车子丢石头，但是，因为哮喘，他没什么机会做这些事。每次多跑几步，他就会喘不过气来，倒地不起，而我就得拿药剂吸入器帮忙，或者在一旁等到他恢复过来。

我们在一起没做多少事。就是看看漫画，偶尔到瓷砖工厂后的树林去探险，或者照顾艾莲和皮耶生的小老鼠。但总算足以打发早餐到晚餐（暑假）或下午到晚上（上学时）的时间。

那并不是一段持久的友谊。伯威克一家在我八岁时搬到怀俄明去了，连道别都没有。

关于桑迪，我印象最深的是他要外婆信教的愿望、他的呼吸困难、他干净的家和他母亲的身体。

在我们做朋友的两年里，桑迪经历了一个成长阶段。

那是从我们在瓷砖工厂后的树林里，发现了一堆粗俗的杂志开始。

瓷砖工厂废弃已久，破败不堪。它刚好经过城镇边缘的高尔夫球场，从我们住的地方步行就能到达。（意思是说，桑迪走到那儿还不至于犯病。）工厂后是一排灌木、蓟草和稀疏的树林。一条浅溪从中穿过，是捉蚱蜢、田鼠、鼩鼱和青蛙的好地方。

树林中央有间棚屋，实际上只是间斜顶小屋，一次仅够容纳六个小孩。里头臭气熏天，从某种程度上来说，很危险。在这里探险让我们感觉自己勇气十足。

杂志就在小屋内。

它们绝大部分是"绅士们的"杂志，充满裸女的彩色照片，但其中两本仍让人难以理解。

第一本《我亲爱的马儿》有女人用手抚摸马的阴茎或用嘴巴含住它的照片。（有一张是她插着马的阴茎并挂在它身上。）

第二本没有封面，满满都是男女互烧彼此的照片。他们一丝不挂，可是没有交媾，光是用香烟和打火机、蜡烛和雪茄互烧彼此。就那样而已。

这两本我们觉得保存起来太可怕，于是就把它们留在原来的地方。其他的则被我们带到新的收藏地。我们将它们埋在工厂旁一棵桦树下，并经常回去挖出来看，直到杂志全部烂掉为止。*

它们立即对桑迪产生了影响。以前我们在林中和田野上闲晃时都没什么特定的话题要聊,现在除了女人之外,我们什么都不聊。女人都是杂志中的那样吗?她们都有阴道吗?如果没有,那会是什么样子?你如何知道?你可以问吗?

然后有一天,桑迪大声说出他的困惑,不知道他母亲是不是有"阴道"。我没那样想过伯威克太太,但心想她一定是有的。

"她当然有阴道。"我说。

"你怎么知道?"

在一段冗长及审慎的讨论后,我必须承认自己不知道。我怎么会知道?但伯威克太太为什么会没有?我们都有阴茎,不是吗?(虽然这个问题也存在争议。)

我宁可不谈这个话题,但对桑迪而言,它只是个借口。

---

* 这些杂志是我证明周围的大人的确在从事某些晦涩之事的第一份证据。也是我首度意识到性的觉醒,尽管我并不明白那是什么。我虽无法理解马儿或那些灼烧,但其他大部分的图像的确对我造成了生理上的影响,比如心跳加快、焦虑,以及一种即便不是全然讨厌的,却绝对不是我想要的——恕我必须提起——肿胀。

如果可以选择,我绝对不将这算作我的第一次性体验。重返森林,听鸟叫声,闻泥土和树的气息以及小屋的臭味,实在令人讨厌。

他立刻着手筹划起让我们两个发掘他母亲私人禁地的最佳办法。

我们开始花更多的时间待在他家。

我们会在浴室里躲好几个小时,等他母亲进来。

"你们到底在浴室里干吗?"

桑迪会不断地问他母亲,我们可不可以躲在她的裙子底下。

"干什么?"

他总是趁她双手在忙的时候,尽全力将她的衣服拉高。

"亚历山大,不要给妈妈添麻烦!"

我们会躲在卧房衣柜里,再将门开到刚好够我们看外头的种种。(有一次,这法子几乎奏效了,但就在伯威克太太开始脱衣服时,桑迪便满怀期待地咯咯笑起来,她就发现我们了。)

整个过程中,最值得一提的是伯威克太太的耐性,我们想要做的事显而易见,但她却一味纵容。

而事实上,我们最后终于看到了她的裸体,却完全不是桑迪所计划的那样。

在一个夏日的午后,我们表现得像往常一样惹人讨厌,伯威克太太摊开双手说:

"好吧,咱们今天到海边去。"

"好主意。"伯威克先生说。

对我们来说，那似乎不是个好主意，但我们还是帮忙做了火腿三明治和柠檬汁，并爬进了车子。

路途真的很遥远。

我们开出城外，经过萨尼亚，经过田野、牧场和农舍，开上砂石路和泥土路。然后在伯威克先生停车后，沿一条鹅卵石小路来到一座小湖前。

天上有云，不过阳光普照。湖水清澈而寒冷。窄窄的湖畔弥漫着沿岸而植的松树味。地上布满小碎石，所以我们得留意自己的脚步。伯威克先生放下两条淡蓝色的海滩浴巾，然后和伯威克太太一起脱掉衣服。就那样，既不随意也不扭捏，伯威克太太还将头发放下来，并将眼镜放进丈夫的夹克内。

"你们不脱衣服吗？"她问我们。

伯威克太太的身体又粉又白。她有一对巨乳，呈现淡蓝色的网状血管，乳头暗沉。另外，是的，她有阴道，或至少阴毛提示着它的存在。伯威克先生长得瘦削。他的身体看上去又白又软。理所当然的，他有阴茎。

他们慢慢走进水中，然后伯威克先生一跃而入。

桑迪和我不情不愿地脱掉衣服加入他们，桑迪自己留在浅水区，但我一习惯后，就尽可能地游到远处去。

如今，我当然明白整件事为何如此令人难忘。绝不是因为伯威克夫妇的裸体。他们穿不穿衣服都一样端正。是我意识到他们对自己的身体并不感到羞耻。

桑迪无疑早就看过他母亲的身体。他苦心策划，以便我也能得见，却绝非是在这样的情境下。我们在湖畔的那一天令他失望。为什么？因为我确信桑迪自有让我看他母亲身体的理由。

也许桑迪想让伯威克太太出糗，或者，也许向我展示他已经看过的东西让他觉得骄傲。

不管是哪种情况，我都不明白他的动机。直到今天，我仍然没有搞清楚。

3

进两字，退一字。我惊讶于写作是这么困难，安排自己的生活也是如此艰难。

我像平常一样七点起床，但一天中的大部分时间都在乱写。

时间表并不怎么帮得上忙，但我还是小心地避免过分严谨地遵循它。也就是说，我虽然按部就班，但也学会了调节偏好。

我的第一份时间表是绝望的决议,写于一九七八年。当时我正为一段意外插曲所苦,又混乱又疲倦,盯着肮脏的地下室窗户整整看了三天。

然后从远处吉尔摩街的某个地方传来了汽车喇叭声,听着听着,也不知为什么,我突然看到了一天当中的各个时刻,就像是念珠串上的珠子那般清楚。

那是一种超然之状。

我就在那天写下了第一条:

七点:起床。

从写下第一个字开始,我便感到如释重负。

当然事情不会马上各就各位,而在"七点:起床"后,我又写下:

七点零一分:脚踏地板,离开床。

七点零二分:上厕所。

七点零三分:刷牙。

七点零四分:用牙线剔牙,漱口。

七点零五分:悠闲地从浴室走到厨房。

七点零六分：停下来想一个声音。

七点零七分：情绪插曲：渴望。

七点零八分：走向厨房途中想着早餐。

七点零九分：否决先前的想法。

离开厨房。

等等。

制定一份时间表比将其付诸实行更令人宽慰。我吹毛求疵地把一天当中的每一分钟都排定下来。一千四百四十个条目，列了四十三页，但我却忘了留出读它的时间。

你可以理解，我知道一边看着自己的文稿一边在屋里走来走去有多奇怪，而一旦严谨的舒适感褪去，我对于自己的心理状态也失去了信心。

但我仍做对了几件事。睡觉的计划容易完成，我还明智地为自己预留了"情绪插曲"，尽管我忘了那是多么难以预料。（记得有一天，我盯住一个杯子看了三个小时，思索它为什么是黄色的，像这样的插曲就很难安排。）

我几乎掌握了其中的诀窍，即，自由行事。

看着截至目前自己写下的文稿，我清楚地感觉到自己的童年并不愉快。

也不是都不愉快，不完全是。

外婆是个可怕的女人，但她偶尔也会沉浸在好心情中，为万圣节做南瓜派，为圣诞节做蛋糕，只要心情好，就做李子布丁和冰激凌。

佩特罗利亚虽然平淡无奇，但很安静：在我手掌中显得无比纤细的树蛙、牧草和蓟草，一望无垠的青绿与赭黄，从平坦雪地中冒出来的黑色断株……

要是没决定写它、写住在那儿的其他人，我甚至可能会说自己早期的童年过得不错。

不过没有其他办法。通往卡达琳娜和亨利之路必须经过我。

我们东边的邻居舒瓦兹家有点儿不详。

她们在我六岁那年搬进满覆常春藤的家。

那天我正在欣赏蜈蚣，忽然听见一个硬橡皮球发出"咚"的一声，接着传来一个女孩的歌声。

透过树篱，我看到艾琳·舒瓦兹懒洋洋地将橡皮球丢在一块晃动的石板上。

"你在做什么？"我问道。

"没做什么。"她回答。

"你住在这里？"

"对。"她说。

然后她继续在石板上拍皮球。不怎么顺利的开场。

"你不该在树篱里头玩,它会枯萎。"她说。

"不会枯萎。"

"我妈妈说会。"

我不高兴地退出树篱。小女孩就是有这毛病,数蜈蚣要有趣得多。

过了一会儿,艾琳自己却从树篱中间探出头来。

"隔壁的男生?"她叫道。

"怎么了?"

"我们家有果汁和饼干。"

在见到舒瓦兹太太和艾琳之前,我就听说过她们的故事了。首先,那间房子里没有男人。其次,她们老是在后窗那儿摆根蜡烛,一根莫名其妙的蜡烛,在夜里点亮。为什么?

外婆完全不喜欢她们,古德曼家的女孩则认为舒瓦兹太太绝对是个巫婆,一个把孩子关在地下室,罐里装着人类手指头的巫婆。

所以我们见面时,我非常警惕。

艾琳几乎和我一样高,短发呈波浪状,有双淡蓝色的眼睛和一对招风耳。

我们从后门走进她家的厨房。我坐在窗边的桌旁。窗户开着，但那地方弥漫着一股苹果味儿，还有东西在炉子上炖着。

"我们可以吃点儿饼干吗？拜托。"艾琳喊道。

舒瓦兹太太走进来说：

"艾琳，你的朋友是谁？"

"隔壁家的男孩。"

"隔壁家的男孩有名字吗？"

"我不知道。"

我在沉默中挣扎了片刻才应答。

"托马斯。"我说。

"托马斯……你是卡达琳娜的儿子，是不是？"

"我想是吧。"

"很高兴认识你，我们用饼干和柠檬汁来庆祝一下。"

舒瓦兹太太的言行举止既没肯定也没否定自己是个巫婆。她既和善又周到，但若想捕获孩子当晚餐，还有什么更好的策略可选呢？

她的外表既不善良也不邪恶，她身体苗条，一头红发，肩膀微微倾斜，鼻子很窄，但不算特别长，眼睛是蓝色的。

我喝完柠檬汁后，她紧紧握住我的手，邀请我再来。

我对舒瓦兹太太的第二印象更为深刻。

在一个不见阳光的阴暗日子里,空气中弥漫着雨水和沥青的味道,艾琳和我在外头随口诀跳着:

> 桃子麦片粥热,
> 桃子麦片粥冷,
> 桃子麦片粥在锅里,
> 九天之久。
> 你要多少碗?

我们两人跳得都不怎么样。大部分时间我都心不在焉地看着艾琳,看她衣服翻飞的模样。当雨开始落下时,我们就跑进屋里,她母亲正在疯狂地关窗关灯。

我和艾琳擦干头的时候,舒瓦兹太太将蜡烛摆上窗台。

"闪电。"她说。

外头漆黑如夜,我们坐在起居室里听着雷声,努力漠视闪电。我闻得到自己的湿衣服、蜡烛和房子本身的味道。

舒瓦兹太太被天气吓坏了,不停地说:雨对花园有宜,雷是上帝的声音,我们都是水……

她还讲了两个故事,一个关于某位史密斯先生,另一个关于某位琼斯先生。*

*从前有个叫史密斯的人。每天早上七点,他会开车到萨尼亚去工作,晚上再回家。他的生活沉闷乏味,不过是一种对死亡温和的抵抗。直到有一天晚上,就在他开车回家的时候,车子突然抛锚。时值冬天,而且离他家还有几英里。不过离他停车半英里远的地方有间农舍,于是他艰难地跋涉过厚厚的积雪走过去。他敲门良久,才有位老人应门。老人的脸像一面鼓般又圆又白。

"这次是什么事?"老人问道,门只开到露出一张脸。

当史密斯先生解释自己的困境时,老人说:

"你明明知道我没电话!"

接着猛地甩上门。

那晚天寒地冻,月色苍白。史密斯先生呼出的哈气浓重如烟。他再次敲了敲门。

"怎么了?"老人应门。

"我可以进去待几分钟,暖一下身子吗?"

老人朝他啐了一口唾沫,并关上了门。

史密斯先生走回车子,双手插在口袋里,双脚冰冷,脸却滚烫。就在他决定要跋涉回家时,他忽然看见一个小男孩站在路旁。男孩大约五岁,头发落满白雪,穿着夏天的衣服,就站在史密斯先生的车旁直打哆嗦。

"拜托,带我一起走。"男孩说。

真是一副凄惨的景象。史密斯先生脱下外套包裹住男孩,两人一起走回农舍。这次史密斯先生坚决地敲门。老人如之前一样慢吞吞地应门,但当看到男孩时,却说:

"走开!"

说着便试图把门关上。史密斯先生一把抓住老人的鼻子,使劲儿地掐。老人哀求道:

"但我不想走!"

老人往后退企图挣脱,史密斯先生和男孩闯进屋里。

接下来的事发生得很快。史密斯先生放开老人的鼻子。老人跌倒了。男孩变成了一条大黑狗向老人扑去,并咬住他的喉咙。老人甚至连尖叫的时间都没有。他的脖子被咬断,一命呜呼了。

你想象得出这一切对史密斯先生的影响。他吓坏了,在大狗舔嘴和清理毛上的血迹时颤抖不已。

"等我一分钟就好。"狗说。

"你慢慢来。"史密斯先生说。

直到今天，我仍记得她的声音，她拿香烟的样子，和闪烁的烛光。

在她对闪电的恐惧中，有种令人宽慰的东西。

若不是因为莉莉安·舒瓦兹，我的童年可能只是个单调的平面。除了自己的观察之外，我对外婆一无所知，对母亲的认识更是一片空白。

通过莉莉安·舒瓦兹，我才了解到如今自己所知道的那些关于埃德娜和卡达琳娜·麦克米兰的琐事。尽管两人的离世相隔多年，但这些细节却让她们的死亡在我的想象中唤起了更深层的共鸣。

然而在回忆莉莉安·舒瓦兹时，我记得最清楚的是她所记得的事。她自己倒不一定总会出现在我对她的回忆中。这要正确排序实在有点儿困难。我觉得应该按照如下方式进行：

最后狗转向史密斯先生说：

"你不知道自己是他的死神？"

"不知道。"史密斯先生说。

"你知道吗，"狗若有所思地说，"人类实在是极端无知……"然后它像一个影子一样离开农舍，隐入了黑夜。

从那一刻起，史密斯先生完全变了个人。

他回避农舍，很少在冬天外出。

埃德娜·麦克米兰·················· 1

 兰顿郡狄更斯读书会的终结·········· 1.1

 她丈夫的过世················ 1.2

卡达琳娜·麦克米兰················ 2

 她很好··················· 2.1

 她无所畏惧················· 2.2

舒瓦兹太太和夜里的蜡烛············· 3

但我可能会不知不觉地入诗。

1 埃德娜·麦克米兰

 显然外婆并非始终不修边幅。在莉莉安的记忆里,她清醒且有效率。

 除了在特立尼达的几年以外,她一生都住在佩特罗利亚,而佩特罗利亚彻底摧毁了她的一切,以至于除了加拿大人*以外,我无从想象她还会有其他出身。

 她从二十几岁开始教书,用阿奇巴德·兰普曼的诗句感染了无数孩童。她在六十五岁那年退休,刚好赶上照顾她的

---

* 特立尼达的国旗的确和外婆的衣服一样,都是红、白、黑三色,但我想那纯属巧合。该岛赢得独立是在 1962 年,那时外婆已经离开许久,那座岛对她早已无关紧要。

外孙，也就是我，托马斯·麦克米兰。

多年来，她家一直是兰顿郡狄更斯读书会的聚会点。也就是说，外婆会接待一群来自佩特罗利亚、石油城和油泉村的妇女，不分季节，来到格洛弗街吃李子布丁，讨论查尔斯·狄更斯的小说。

小说经外婆精心挑选，旨在揭示人物的秘密，剖析起来都与她们的生活息息相关。

她处在狄更斯读书会的核心，地位显赫。

外婆的人生中有两件不幸之事：一是狄更斯读书会的解散，二是她丈夫的过世。在这两件事上，外婆并非全然无过。她的脾气一向阴晴不定。她有时候心胸狭窄，刚硬要强，而且她很容易"情绪化"，让和她在一起的人难以忍受。

到了老年时，她性格的这些方面更加突出，但这并非不让人意外。

1.1 兰顿郡狄更斯读书会的终结

就读书团体的发展而言，狄更斯读书会似乎算是成功的。它存在于一九四六到一九四九年，这是世界动荡不安的年代，也是佩特罗利亚的困难时期。

女人们在每月的第一个星期二晚上碰面。

"你外婆的房子总是充满李子布丁和玫瑰水的味道……"

莉莉安·舒瓦兹的母亲艾德温娜·马丁,也就是我外婆"艾蒂"口中的"艾德",是忠实的会员,因此莉莉安每次也会跟来。她们没指望她父亲"工作一整天后,晚上还要照顾小孩"。

就是在这些狄更斯读书会聚会的夜晚,卡达琳娜和莉莉安成了朋友。读书会创立时她们一样都是八岁。只要避开我外公的管束,整个房子便都是她们的游乐场。

虽然这些女人每个人都很保守,但读书会本身却生气勃勃。在外婆的蒲公英白兰地的激励下,她们大胆发表观点和想法,有时甚至高声嘶哑地抒发对阿贝尔·马格维奇[①]或比尔·赛克斯[②]的同情和厌恶。

然后外公就会走进去要求她们安静。

"女士们,拜托!"

这时她们的声音会暂时地低下去,不久又会高亢起来,直到九点钟,也就是回家的时间为止。

虽然莉莉安当时还太小,不明就里,但读书会的激情给她留下了深刻印象。

除了外婆和莉莉安的母亲以外,还有两位来自石油城的女士(其中一位散发着玫瑰水的香味)和一对姐妹:艾伦·本

---

① 阿贝尔·马格维奇(Abel Magwitch),狄更斯小说《远大前程》中的人物。
② 比尔·赛克斯(Bill Sykes),狄更斯小说《雾都孤儿》中的人物。

杰明太太（油泉村）和玛格丽特·格罗斯曼太太（佩特罗利亚）。

艾伦太太很有钱，读小说偶尔会给出意见，但她似乎是专为取笑自己的妹妹而来，对待妹妹的态度非常轻蔑。

"你怎么会这么笨？"她发出嘘声。

或：

"那是你目前为止说过的最蠢的话。"

她的话像一盆冷水泼在妹妹头上。玛格丽特太太一开始就很胆怯，除了附和姐姐，很少主动发表自己的意见，就算是附和，说之前还会抚弄自己的紫水晶胸针。她的右手手指几乎总是缠着绷带。

大部分女士都不喜欢艾伦太太的专横，她们对她打击自己妹妹的聪明才智表示不满。其他人都没有有钱的丈夫和华丽的珍珠，她们便将艾伦太太的傲慢视作是针对自己的。

"她觉得自己的屁都是香的。"

莉莉安的母亲这样形容。

另一方面，外婆则毫不含糊地站在艾伦太太这一边。她无法忍受懦弱。她几乎和艾伦太太一样经常欺凌玛格丽特太太，即便她可能同意玛格丽特太太的看法，也不予理会。

一九四九年的冬天，在最后一次全员到齐的读书会上，她们讨论了最危险的一本书：《我们共同的朋友》。

莉莉安和卡达琳娜觉得很无聊。读书会争论的时候，她们把那晚大部分时间都花在偷尝白兰地上。

那本书似乎的确有许多地方值得争论。

雷本先生在这或那上面都太过头了。他很富有,却性格阴郁。他是反犹太主义者,但品格高尚。品格高尚却懒惰。懒惰但又迷人。还有,虽然结局圆满,但他身为一个丈夫的价值实在令人怀疑。

艾伦太太认为这份对有钱人的侮辱冒犯了自己,于是开始痛责穷人。那些穷人——就像圣菲利浦学校门卫的格罗斯曼先生一样——同他们的樟脑丸、廉价蜡烛和煤油灯一样,根本就不适合婚姻。

"但是,"玛格丽特太太说,"男人又不是零钱包。"

"你知道零钱包是什么东西?"她姐姐回应道,"铜板要两个才能响,而你连两个都没有。"

玛格丽特太太在她姐姐和我外婆发动攻击时,继续温顺地重复自己的观点。

"你在对号入座,你这个笨女人。"

陷入个人谩骂的读书会让两个小女孩看得目瞪口呆。

"钱去死吧!"

"石油城见鬼去吧!"

之后就一发不可收拾了。那么难听的话,就算是开玩笑,也是对我外婆家的侮辱。

其他的女人胆子一大就得意忘形。她们将艾伦太太狠狠地攻击了一番,她只能僵坐在那儿,带着寡不敌众的轻蔑神情面对她们。

这期间,玛格丽特太太都耐心地坐着,无视这场灾难,重复她单一的看法:

"男人不是钱包……"

好像那仍然只是一个关于狄更斯小说和零钱包的议题。

"安静。"外婆说。

她的声音几乎淹没在周围的声音中,没人清楚她究竟是要谁安静。

然后,就在玛格丽特太太要开口时,外婆站起来,给了她一巴掌。

其他人目瞪口呆地坐着,而玛格丽特太太仍在重复她的"但是……但是……但是……"。

艾伦太太起身穿上大衣。

"你明白了吧?"她对玛格丽特太太说。

她把妹妹从椅子上扶起来,穿上外套,两人一句话都没再多说,就走出了房子。

可以理解,从此之后,狄更斯读书会其他成员对于与外婆为伴都感到十分紧张。

她们又聚了几次,但缺乏热情,也没人努力补上那两姐妹的空缺。

成立三年后,读书会以并不体面的方式悄然而逝。

多年以后,有关外婆的粗暴行为的故事仍被到处散播:她朝艾伦太太吐口水,破坏了艾伦太太的车子,掐了玛格丽特太太,咬了玛格丽特太太,摔盘子,丢食物。她真的适合教小孩子吗?现在看来,她并不是"完全正常",不是吗?

兰顿郡狄更斯读书会在一九四九年年初的某个月消失了,它的夭折对外婆而言,必定是一种耻辱。

对我来说也是件丢脸的事。

我终于明白为什么有些大人会过度同情或过度蔑视我,为什么圣菲利浦学校的门卫见了我就受不了。

1.2 她丈夫的过世

我沿用了外公的名字,但他就像个谜。我从来没听过他的声音,从来没感受过他的触摸,而且直到外婆过世,我对他的长相也毫无概念。

他存在过的唯一痕迹,是他留在书上的签名。

那就像跟随着陌生人走进图书馆的通道,停下来看他碰过的书（卢克莱修[①]、利德尔编纂的希英辞典、莎士比亚全集、关于园艺的书），与他说过话的人（外婆、母亲、舒瓦兹太太）交谈。

"他说过什么？长什么样？"

"我想不起来……"

"我不记得了……"

"他人很亲切……"

这样你要如何了解一个人？尽管陈腐落伍，他似乎还算是个博学多识的人。藏书里的签名总是淡淡的，仿佛为此感到抱歉。蒲公英酒和蒲公英白兰地是他的主意，不过它们对外婆生活的危害比对外公的更大。

（我的确感到自己身上存在外公的某些特质，但却难以明确归类，只能说是不同于其他特质的存在。）

对我而言，他最了不起的地方是，从一九二二年到去世的一九五〇年近三十年里，他一直和外婆这个不简单的女人共同生活。

当然，她爱他。

似乎有人目击到了外公的死，详情如下：

[①] 卢克莱修（Lucretius，约公元前99年－约公元前44年），罗马共和国末期诗人及哲学家。

1. 一个阳光明媚的日子。(大约是一九五〇年的阳光。)
2. 外公外婆在佩特罗利亚街的一个街角。
3. 外公外婆正在说着什么。
4. 外公踏出了人行道边缘。
5. 他被一辆车撞了。

这样罗列堪称条理清晰：一连串充满戏剧性、气氛、紧张和意外的事件。但让死亡事件成为创伤的，是环绕那一刻的多种可能，细节中的细节：

一个阳光明媚的日子。

舒瓦兹太太提供了这一奇怪的事实。我想这话的意思是，天气并没有妨碍外公的视线。如果他抬起头，或者朝正确的方向看的话，本该看到车子开过来了。有什么东西或什么人妨碍了他的视线，或令他完全分心了。没有真正的黑暗，但通向另一种黑暗的大门是敞开的。

身为佩特罗利亚的居民，这没什么不寻常。他们在一个相当熟悉的地方，从这儿到那

外公外婆在佩特罗利亚街的一个街角。	儿，穿过一条他们无疑已经走过好几千次的街，每个十字路口都一样决定不了命运，除了这一个。他们站的地方并没有什么不祥之兆，但那之后外婆必定问过自己许多次：为什么是在这儿？如果我们往前走远点儿再过马路呢？
外公外婆正在说着什么。	同样，还有什么事能比说话更加无害？在他们共同生活的岁月里，一定说过不计其数的话，但假如当时她正在骂他呢？假如她就是那个让他没注意到路况的人呢？那么，黑暗的确存在：由外婆本人造成的云层。
外公踏出了人行道边缘。	在一个版本的世界中，这一瞬在三个人的生命中都具有决定性的意义：外婆的，母亲的，还有我的。在外公走下台阶并转头对他妻子说"什么？"或是"真的，埃德娜，我……"之后，三件小小的不幸已然成形：外婆孤独和自责的岁月，母亲强烈的叛逆，还有我自己的童年。我们的生命从那一刻

> 起支离破碎,就好像他踩在了一块玻璃上面,然后……

他被一辆车撞了。

外公过世。

就像所有的好故事一样,听起来都合情合理。想象一下,要是没有那一步之失,我们的生命可能会走上一条更幸福的路,多美好啊;想象一下外婆是爱我的,只是被其他更强烈的感情分了心。

> 托马斯:(遗憾)天啊!要是那老头子看路了就好了……

问题是,就算我期望改变,事情也不会洗刷重来。

眼睁睁看着爱人当街死亡,埃德娜·麦克米兰一定如坠炼狱。(她结婚晚,三十岁才结婚,已经年长到足以知道自己为什么要他,而在五十八岁时,也老到足以知道自己失去了什么。)这甚至可能让她酒喝得更凶,或让她和女儿之间开始出现裂痕。

但这一切都只是适度的猜测,细节摆明是推测性的,构成一部微不足道的疗愈小说。

谁说外公活着，我们就会活得更幸福呢？我怎么会知道外婆是什么感受？（内疚？解脱？什么感觉也没有？）她从来没跟我提过她的托马斯的死亡。

尽管我觉得这个死亡对我们的生命很重要，但关于它，我知道的事只有：太阳、街道、交谈、脚步、车子、死亡。

2 卡达琳娜·麦克米兰

在关于卡达琳娜父亲之死说法的某些版本中，卡达琳娜坚称是她母亲把他推到车下的。

另一版本是当时她也在场，年仅十二岁，是个惊慌失措的目击者。

还有其他版本，说卡达琳娜在学校上课，被拉皮埃尔先生叫出教室。他把手搭在她的肩膀上，俯下身来低语，声音很轻，以至于她没听清是谁死了。

母亲不是个说谎的人，你懂的。事情本来可以很简单。然而，这些年来，对于那个令她难过的事件，她却讲述了无数种版本。

我认为，这些版本的数目之多和差别之大证明了她父亲之死确实对她造成了巨大的创伤。她的想象力不允许这件事确定下来。

母亲的生命充满骚动，我很庆幸她为了生产而平静下来。

然而生下我却又是典型的反叛表现。这展现了她浪漫的一面，她对爱、家人和家庭强烈但时有时无的关注。

我在说什么？对于自己的出生，我并不感激，但我能想象母亲想到我时那份任性的欢喜。

令我更惊讶的是，莉莉安·舒瓦兹所记得的那个年轻女孩完全是另外一个人，一个好朋友，坚定不移且无所畏惧。

我首先看到的是她的这一面。

每次一问起母亲的佩特罗利亚和我住的这个像不像时，舒瓦兹太太的反应都是：

"毫无变化。"

要是我继续追问这追问那，比如说新建筑或新奇的房子时，她就会用法语说：

"越是改变，越是一样……"

这说法我真是花上几十年都不能完全理解。

我想造访母亲去过的地方，发掘其中关于卡达琳娜的任何事物，我本能地感觉到佩特罗利亚这座小镇本身，它的树木、桥梁、田野和房屋，都能在我们之间建立联系。所以当我发现莉莉安·舒瓦兹并不如我所期望的那样了解母亲的童年时，我失望透顶。

不管怎么样，莉莉安和卡达琳娜同班，与那些叫尤妮斯的女孩们和叫迈克尔的男孩们,都是圣菲利浦学校的学生。

"光三年级就有五个迈克尔。"

她们的老师,包括外婆在内,都是严格的天主教徒。

两人都跟着她们的母亲一起去圣菲利浦教堂做礼拜。

(外婆是天主教徒?真是个意外的发现。)

她们俩的家庭当然大不相同。

莉莉安是四个孩子中最小的,尽管与她年龄最相近的孩子比她大七岁,但毕竟有伴。她母亲有其他孩子可以宠爱:四人一起承担父母关切的重担。

莉莉安出生时,她的父亲马丁先生已经当了十四年的邮差,直到过世总共干了三十六年。他是个可爱的人,矮矮胖胖的,永远留着寸头。但他有一副天生的好嗓子,是用来唱催眠曲哄孩子睡觉的男高音。这是舒瓦兹太太的遗憾之一,打从骄傲的十岁那年起,她就叫父亲不要再唱了,因为她已经过了听催眠曲的年纪。

狄更斯读书会消亡后,马丁太太和外婆的关系没有再维持下来,因此她对卡达琳娜的态度比较保留。她了解和埃德娜·麦克米兰一同生活会有多辛苦。她甚至抱以同情心,可她在卡达琳娜的身上看到了埃德娜的影子,因而有所回避。

"你等着瞧,"她说,"等到卡达琳娜厌倦扮演乖宝宝的时候。"

马丁太太对于黑人的某种特定倾向心怀警觉,她认为不管卡达琳娜表面上表现得有多好,那种倾向总有一天会自己显露出来。卡达琳娜甚至比埃德娜还黑,而看看埃德娜……她摆出一副假象让大伙儿把她当白人看待,但并没有产生什么好结果,你只要问问可怜的玛格丽特太太就知道了。顺便一提,她根本不该被捆被踢。

"一朝被蛇咬,十年怕井绳。"

2.1 她很好

母亲十一岁那年首度展现了自己的慷慨,当时两个女孩同时迷恋上迈克尔·斯通。

迈克尔住在格洛弗以西两条街外的地方,也在圣菲利浦学校上学。他的外形并不出众,甚至算不上特别可爱,但他比其他七年级的男生都更文静一些。

他可能也没那么文静。只是眼镜和镜框给了他一种文静的感觉,而且他有一种让人心疼的羞怯,正是那种摘掉眼镜就看不见的男孩身上所特有的羞怯。

她们怀疑迈克尔"有段过去",这对一个十一岁的孩子来说还真是非比寻常的怀疑。他对女孩不感兴趣也被视为其过往悲剧的证明。

当女孩们浏览同学名单,决定她们喜欢谁不喜欢谁时,她们发现自己都对迈克尔感兴趣。

这种仪式每周,有时每天进行一次。

"辛迪?"

"她还可以。"

"宝琳?"

"我喜欢她。"

"我也是。"

"你有没有看到她有多么……?"

然后当聊到第三或第四个迈克尔,也就是坐在窗边的那一个时,卡达琳娜说:

"他是个梦。"

莉莉安说:

"他是那样美的一个梦。"

她们花了好几个钟头判定谁比较喜欢他,卡达喜欢他多过特里·约翰逊吗?一点儿。莉莉安喜欢他多过弗兰克·摩尔吗?一点儿。

"你会不会……(接吻)"

"你会吗?"

"那你会不会……(公开接吻)"

"不!你会吗?"

"也许啊……要是情况允许的话……"

在激烈的思想斗争后,卡达判定莉莉安才是真正在乎迈克尔的人。

她不但从喜欢迈克尔的比赛中退出来,还设法说服了莉莉安,说她和迈克尔需要的是"独处的时间"。卡达是那么的有说服力,以至于根本搞不清楚自己的感情有多深的莉莉安,后来也开始期待起自己和迈克尔单独相处的时刻。

最难搞的部分是迈克尔本人。

她们把注意力集中在他身上,但他抵抗住了她们的攻势,不愠不火地回应一些最具挑逗性的问题。

"你喜欢莉莉安的穿着吗?"

"你母亲的眼睛和你的一样绿吗?"

迈克尔从不拒绝和她们一起回家,但他话很少。他并非在沉思,但看起来就像是在沉思。

他好像毫无激情,也没什么话可说;虽然他偶尔表现出对船颇为敏感。也就是说,有时他会对造船或航海的主题提出大胆的看法。但其实也不能将之称为热情。他从来不曾对"布鲁诺斯号"或"伊丽莎白女王号"发表过惊人之语,但那对卡达而言已经足够了。

出于一种——即便是对十一岁的孩子而言——另类的想法,她说服莉莉安尽可能常穿戴蓝色的东西:蓝鞋子、蓝发夹和蓝袜子。

接着卡达琳娜亲自去问莉莉安的父亲,如何在瓶中做一艘船。她说话的口气好像瓶中船是她在世上最想要的东西,尽管她怀疑那是只有专家才做得来的东西。

这是我最佩服的地方。并不是说马丁先生是个难以相处的大人。他一向愿意做任何能讨孩子欢心的事。而是说这其中的变量……首先,马丁先生会相信她的说法吗?(他信了。)其次,他真的会做瓶中船吗?(他会。)第三,要做多久?(一个月。)第四,瓶中的帆船复制品能把迈克尔吸引出壳吗?(这个嘛……)

当莉莉安的蓝色系衣着已经有时间发挥它的魔力,当马丁先生也完成了那艘小型但略显破烂、在深绿色的瓶中摇摇晃晃的帆船,卡达琳娜便在他们三人回家途中假装随意地提起那艘船。

迈克尔愿意去仔细看一看吗?

"当然。"他回答道。

这故事多年来一直令我着迷。并不仅仅因为它与母亲有关,还因为在母亲的策略中,我看到了与我相同的对细节的热爱,尽管我想都没有想过要在私人事务上如此精确。

已知:迈克尔·斯通,以下简称 Mst

莉莉安·马丁，以下简称Lm

变量：马丁先生（MrM）、船（S）、蓝色（B）

背景：马丁的家（MH）

问题：运用给定的元素和可用的变量，如何才能在不影响给定的背景（MH）的情况下结合（Mst）和（Lm）？

即便如今已经知道母亲的数学和地理都很差，不会像上述那样看待事物，我对她还是充满钦佩。

在任何激烈的计算中，母亲都是如此渴望宁静，让我几乎同情起她来。

而她计划的结果是"（Mst）＋（Lm）"。

迈克尔·斯通满怀期待地进入马丁家看船。当时莉莉安的父母都不在家，而通常放在壁炉架上的瓶中帆船，则凑巧摆在莉莉安的房间里。

而当卡达琳娜留下他们俩，借口要去拿花生酱三明治，实则监视马丁先生或马丁太太是否回家时，莉莉安和迈克尔终于接了吻。

舒瓦兹太太：那是一连串失望的开始。

托马斯：为什么？

舒瓦兹太太：(神秘的微笑) 你以后就会知道了。

虽然那个吻让莉莉安失望，但对迈克尔来说，却是一个惊人的发现。

打从他们嘴唇接触的那刻起，他就迷失了。他开始流汗，眼镜滑下来，涨红了脸，而且因为不知道手要往哪里摆，所以他干脆把手举到了头上。

所有这一切不过都加深了莉莉安的失望而已。在失望当中，还隐约意识到了她们的误判。她和卡达琳娜推测迈克尔温和但阴郁，推测他的沉默寡言是一种厌世，就像她们在书中看到的那种沉默的男人一样。如今她怀疑，即使没有卡达琳娜煞费苦心的激励，他也会到她家来。

并不是说莉莉安知道迈克尔的吻称不上是个真正的吻。那毕竟是她的初吻。而是她发现他的普普通通——不可爱、无趣、不会沉思——教人难以承受。

在那之后，吻迈克尔就像在吻一条鱼。

问题是，卡达已经为了莉莉安做了那么多，而迈克尔强烈的感觉又并非不讨喜，甚至还让人有点儿陶醉。所以当他们终于结束这一吻，迈克尔被推出她的房间，并且被说服回家去时，卡达说：

"告诉我，告诉我……"

莉莉安对这段插曲给出了一个令人头晕目眩的描述。

"噢,那么的……他是那么的……"

"我就知道!"

接下来的十个月,或者说直到斯通一家搬到史密斯福尔斯之前,莉莉安不时让迈克尔将嘴唇贴在她的嘴唇上,这令卡达琳娜十分满意。

2.2 她无所畏惧

我之前写到过,在写下自己生命历程的途中,我可能会不知不觉地入诗。

考虑到我与这门艺术打交道的绵长历史,你或许会以为我已与诗和解。它曾使我免于一次挨打。强迫我背诗的人是外婆,这项教条她也曾施行在卡达琳娜身上。所以,这就成了我和母亲共同的抱怨。

它也是亨利在这世上最喜欢的事物之一。

然而读诗却令我痛苦。它是个无底深渊。

比如说第一次见到你的时候,我正在愉快地读《塞缪尔·巴特勒笔记》[①],你则在看奥西普·曼德尔施塔姆[②]的诗集。我

[①] 塞缪尔·巴特勒(Samuel Butler, 1835–1902),英国小说家、小品文作家和批评家。
[②] 奥西普·曼德尔施塔姆(Osip Mandelstam, 1891–1938),俄罗斯白银时代著名诗人、散文家、诗歌理论家。

是在看到你之前,先看到了那本书。你摊开灰色的封面,右手的小指头蜷起来,仿佛一只蜗牛。(我好爱你的手。)

你一离开,我就将曼德尔施塔姆从桌子对面拿过来,好奇地看:

无须言论
也无事可教;
多么悲伤,却又美丽
这黑暗残忍的灵魂。

我一遍又一遍地读这几行,想象我们两人头靠着头,其中一人在念,或一起念这首诗。接着我顿有迷失之感,仿若漂流一般的迷失。

究竟是什么以上帝之名将你从言论带到教导,从悲伤带到美丽,再从美丽带到灵魂?

到底什么是"黑暗残忍的灵魂"?

这些字我明白,但在理解的同时,又觉得苦恼。我不知道自己的理解从何而来。是曼德尔施塔姆赋予了它意义吗?文字本身有意义吗?或者说到底,是每个人依自己的方式解读?

这些问题就足以让你搔头苦思很多年了,而第二节则更加晦涩难懂：

> 没有想教的事，
> 甚至缺乏言论的力量，
> 但就像一只年轻的海豚，游于
> 世界的灰暗无光的深处。

诗毕。

现在，年轻的海豚是怎么冒出来的？我们又是怎么从灵魂到海豚的？我越强迫自己将"灵魂"和"海豚"连在一起，便越是觉得与外部世界缺乏联系。

或许我因而了解了自己，知道我可以将它们连到一起，知道有那么一刻，我的灵魂的确悠游于黑暗当中。

真是一场相当不快的体验。

要是你需要向内缩的理由，诗歌就是理想的借口；但如你所知，我需要的一直都是走出去的理由。（你有多希望将我的注意力转移到世事上，我就有多抗拒不从。在遇到你之前，《渥太华市民报》就是我所能承受的整个世界了。）

外公过世之后，卡达琳娜就变了。

他去世那年母亲十二岁，一般人可能会期待看到她稍稍内省和消沉一些，但结果刚好相反。在背离周围人的同时，母亲变得更外向，更善于表达，不那么矜持了。

这一点对我来说很难理解。直到遇见我的母亲。

> 卡达琳娜：（轻声地，因为她很少提高嗓门）你的脚跟很硬。让我看看你的脚，不要动……
> 托马斯：你弄痛我了。
> 卡达琳娜：不会痛，每个人都知道孩子和动物感觉不到痛。你们的脊椎还没发育好呢。

那就是母亲的典型作风。她用一把笔直的剃刀刮掉我脚后跟上的老茧。真的很痛，我气她没同情心，但我的脚后跟已经开裂流血了。她能怎么办？

而且奇怪的是，因为脑子里光想着自己脊椎还没发育好的事，以至于我真的坐在那儿一动不动。

> 卡达琳娜：好了，现在把你的袜子穿上吧。

我的意思是，正如她对父亲表达哀悼的方式非同寻常，她对我表达关爱的方式也非同寻常。

而我知道一个人的表面甚少反映其内心，对母亲来说，情况更是如此。

十六岁时，没有争论，甚至也没有商量，莉莉安和卡达琳娜便不约而同地开始各走各的路，尽管在此之前，卡达琳娜待在马丁家的时间已经超过了和她母亲在一起的时间。

她和埃德娜已经从尽本分的彼此容忍，变成了公开的不合。

完全放弃自己的家对我母亲而言太残忍了些。镇上每个人都认识卡达琳娜和她的母亲。要怎么做才不会更进一步地损害埃德娜·麦克米兰的名声呢？如今，外婆攻击格罗斯曼太太事件已成为传奇，距离那件事才过了五年，卡达琳娜仍希望避免进一步让她蒙羞。

因此，尽管卡达琳娜保有自主的时间，还是会回她母亲家睡，或是尽可能经常地到马丁家去过夜。

马丁太太从来没有真正接受过卡达琳娜，现在甚至更不同情她，因为卡达琳娜已露出明显的黑人特征：随心所欲，不顾课业，花太多的时间和"全城最穷的家庭"席瑞克斯家还有梅森纳弗家混在一起。

> 莉莉安：他们并不穷，他们是法国人。其实也不算
> 是。孩子们连一个法文单词都不会讲，但他们

的父母说话倒是有法国腔。我妈妈从不相信他们。她就是那个样子,托马斯。我自己的父亲不正是法裔加拿大人。

马丁太太担心卡达琳娜可能对女儿造成不好的影响。那正是问题所在。虽然她从来没有直接说什么,也没赶过卡达琳娜一次,但在一些细节上摆明了态度。她常问一些诱导性的问题。

"你妈妈好吗,卡达?你和她常见面吗?"

或是

"对你的年龄来说,你太成熟了。你真的在考虑离开家吗?你也知道,我们家这么小。"

全家吃饭时,马丁太太清楚地表示没有卡达琳娜的份。

"噢,我不知道你要留下来吃晚餐,对不起,卡达。"

她老是抱怨有很多衣服要洗,也没特别针对谁。

只有傻瓜才听不懂她的意思。

卡达琳娜并不傻。

两个女孩的友好时光结束于她们十六岁那一年。

那是七月或八月,一个温暖的夜晚,两人在一起读书。

一直读到夜深人静。

马丁先生和太太都睡了,就连莉莉安本人也已经穿好了睡衣,这时卡达问:

"我们何不到外头去?"

到外头去看星星是她们从来没有做过的事。莉莉安以为只是要到后院她父亲刚做好的木制躺椅上坐坐,便穿上脏裙子、旧衬衫和跑鞋。

她穿跑鞋是对的,因为那晚的"出去"是穿过沉睡的城镇走很长一段路:月光下,夜空映衬出房屋的剪影。

那是莉莉安第一次见到那座城镇展现出别样的风情,尽管她已经熟悉每间房子和绝大部分住在里头的人了。

她们走出城外一英里,几乎静悄悄地咯咯笑着经过麦克弗森家的果园和他们的山楂树。

"最凶恶的狗守着最没吸引力的水果。"

然后她们来到积满雨水的碎石坑,那里曾淹死过当地的小孩。没有岸,没有缓坡,只有水池本身,据说有九英尺、二十英尺或如海洋般深,说法不一。

游泳不是莉莉安的主意。她认识两个淹死在这儿的小孩。卡达琳娜脱了衣服就下了水。

"下来,"她说,"水是暖的。"

站在采石场旁袖手旁观显得对朋友不忠,于是莉莉安也脱了衣服。可以被称作岸的地方满布碎石。她踮起脚尖走到水边滑了下去。水真的是暖的。空气闻起来有股草味。月儿明亮。

真是令人兴奋,而且令她欣喜若狂的不只是温暖、月亮和星星,还有和卡达一起游泳,她们小小的身躯渐渐没入……

托马斯:你们都赤身裸体吗?
舒瓦兹太太:当然。你妈妈是个漂亮的少女,比我有魅力多了。

她们一直游到筋疲力尽,然后才从水里爬上来,将衣服穿回去。

为了取暖,她们手挽着手走回家,走过相同的田园和农舍,走过理发店和面包店,沿着柏油路,沿着那些黑黝黝的房子,房子里头住着拉弗勒、麦克唐纳、德尔莫尼科、史密斯、史米斯、霍华德和威尔森……

卡达琳娜确定没人看见她们,但她的心情很好,就算有人看到,她也不会在乎。

她们俩游着泳,那是天真无邪的快乐时刻。

莉莉安·舒瓦兹从来不知道她父母是怎么发现她到过采石场的,但他们看待游泳的角度完全不同。

对马丁太太来说，这就好像女儿已经走在堕落的路上。只有最低级的人才会到采石场去，而和卡达裸泳以及天晓得还做了些什么，这事简直难以启齿。

他们家不再欢迎卡达琳娜·麦克米兰。

马丁先生尽管真心疼爱卡达琳娜，也难过地赞同了这项决定。采石场这事没得争论。

"但我们只是游泳而已。"

"只是游泳而已？"马丁太太说，"谢天谢地，再接下去呢？只是喝酒？只是接吻？只是……"

那是他们最后一次谈及卡达琳娜。

听到自己遭受排斥的消息，我母亲转向莉莉安说：

"那又怎么样？"

这是她对马丁家人说的最后一句话。

她们友谊的终结令莉莉安心碎。

莉莉安觉得父母的行为不公平，真的，但卡达琳娜拒绝与她说话，则让莉莉安痛苦到好像两人之前在谈恋爱似的。再说，还有一个未解的疑问：是谁告的密？

我也想过这个问题。

如果那个故事是真的，如果她们穿过城镇时没人看到，如果莉莉安从来没和卡达琳娜之外的人提过游泳的事，那么，几乎可以肯定，她们友情的终结是卡达琳娜的杰作。

舒瓦兹太太太善良了，说不出这样的话来，但我知道她心里是怪着我母亲的。

就我而言，在整个事件中，我的确能感觉到母亲的存在，但我不明白有谁的需要得到了满足。

如果她决意要切断和马丁家的关系，干吗还要大费周章地去游泳？如果她想要抹黑莉莉安的声誉，为什么要带她到采石场去？撒个谎照样能够成事。

缺失的碎片太多了。我实在弄不懂其中的逻辑。

3 舒瓦兹太太和夜里的蜡烛

很奇怪，我对于莉莉安·舒瓦兹本身的记忆居然那么少。

她是个慷慨的女人，而且相当迷人。一开始我就被她讲述的卡达琳娜的故事给迷住了。第一次听的时候我才六七岁，透过她，我在故事中与母亲交上了朋友。

我记得莉莉安·舒瓦兹眼睛的颜色、头发的颜色……但若想到这儿，我便也记起了她住的房子、里头的房间等等生动的细节。

最生动的是，我记得冠于她名号之前的那些谣言。

是古德曼家的女孩们告诉了我住在一个巫婆隔壁意味着什么。倘若真如附近大部分小孩所认定的那样，舒瓦兹太太

是个巫婆,那么我就应该注意以下几点:

1) 失踪的孩子,他们的哭声

因为巫婆吃小孩,他们肯定会失踪不见。要是我有勇气调查,就几乎一定能在舒瓦兹家的地下室找到他们。另外,我家离她们家那么近,要是我能成功熬夜,当整个城镇寂静无声时,我也一定能够听到孩子们的啜泣声。

2) 气味

这个嘛,不管他们是死是活,要隐藏失踪小孩的气味都很难。而且,因为巫婆没办法一次性吃下一整个孩子,所以一定到处都是玻璃罐:装手指头、脚指头和其他东西的罐子。大些的部分,如手掌和脚掌,会放在塑料保鲜盒里,腿和手臂则会储存在冰箱里,即便如此还是无法防止它们发臭。所以接下来,她就会用异国情调的香水和空气芳香剂,以及任何可以掩盖酸臭味的东西。

3) 猫

重要伙伴,通常是黑色的,黑狗也可以充当一下。

4) 其他

以下列举的或许可作为证据,但你不能指望它们,因为巫婆总是随着时代而变化:长鼻子、大下巴、黑帽子、黑衣服、黑皮书、扫帚、坩埚、毒菌、山羊、篝火旁的狂热舞蹈……

舒瓦兹太太是如何在格洛弗街的孩子间落了个巫婆的名声，实在难以想象。

她是个恋家的人，因为生在佩特罗利亚，所以永远归属于此地。没错，她是曾离开此地嫁给一个斯特拉斯罗伊的人，不过并没有在外头待太久。她的家族很有名。她父亲在去世多年后仍深受怀念。就连她女儿，本应会被巫婆之事牵连，也受到了比她更温暖的对待。没人认为艾琳邪恶，只觉得她不幸。

的确，如果一个人存心寻找巫术，征兆几乎到处都是。虽然她屋里没藏小孩，但地下室架子上到处都是玻璃瓶，装满了看起来像脚趾和侏儒的植物和根茎。房子里通常有股正在做饭的味道，但她本人却总是涂抹广藿香——一种当时最具异国情调的香水。（我的意思是，在她告诉了我香水的名字，并怂恿我闻到她手腕的香味后，除了她在的场合外，我就没再闻过广藿香味。）除了圣经之外，舒瓦兹太太并没有惹人注目的黑皮书，但她确实有一本古怪的书，其中一页画着一只用后脚走路的狼。

在舒瓦兹一家搬到我们隔壁的头几个月，我一直试图找些蛛丝马迹以减少自己的恐惧感。不过恐惧也只短暂困扰了我的想象力。在我们第一次谈论卡达琳娜时，它便消散了。

提这些只是为了解释我为什么夜里不睡，醒着听是否有小孩的啜泣声。而就在那些夜里的某一晚，我对舒瓦兹太太有了最生动的记忆。

我卧室的窗户正对舒瓦兹家的院子。我能看见他们房子的背面和大部分后院，若窗户开着，还能闻到他们家花园的味道：墨角蓝、莳萝、甜没药和欧芹……

这晚，上床好久后我还醒着。房子里安静且闷热。从我的角度，可以看到舒瓦兹家的厨房窗户里闪烁着一团烛光。这场景之所以牢牢地吸引了我的注意力，只是因为我觉得蕾丝窗帘会着火。

我能听到风吹过树间的声音，那声音总能抚慰我。我望着星空，聆听风声，可能还在窗台上打了会儿盹儿，但就在半梦半醒间，我猛然惊觉自己一直听见有人说话的声音。

不知道她们讲了多久或我听了多久，但她们就在那儿。其中一个声音是舒瓦兹太太的；另一个听起来很熟悉，但直到那人走进月光中，我才认出来是古德曼太太。

这本身就很奇怪了。我觉得我从没见过她们俩在一起，不知道她们走得近。但事实摆在眼前，她们的声音很低，我只能间或听到只言片语；两人并肩而立俯视着花园，肩膀几乎快碰到一起了。

接着突然爆出一声像树枝折断般干涩、响亮的噼啪声。

两个女人不约而同地朝我的方向看。她们不可能看到我，但在我的想象中，她们已经气歪了脸。我吓坏了，赶紧从窗边跳回床上。

等心脏不再狂跳，我也找到了勇气踮起脚尖走回窗前时，两个女人已经不见了。

风声依旧，蜡烛也还在燃烧。

我不知道自己为什么会记得这样一个微不足道的时刻，但它却是那么精准且非比寻常，好像在做梦一样。

那仿佛是我梦到的场景。现在说来似乎更加不可信，即便我清楚地记得莉莉安扬起的脸，几乎看到了蜡烛的火焰闪烁上升。

4

无论事实如何，在我心中，古德曼一家总是和死亡联系在一起。

外婆死的时候，我在古德曼家，或者确切地说，在发现她冰冷的尸体时，我求助的是古德曼一家。

我深深迷恋玛格丽特·古德曼，但我们才刚萌芽的关系却随着外婆以及归来的母亲而逝去。

母亲的归来，意味着我用舒瓦兹太太的回忆片段拼凑出来的那个卡达琳娜·麦克米兰的死亡。

而最后，古德曼家的房子成为我离开佩特罗利亚时，允许自己看的最后一栋建筑。那时，我从车内凝视他们的白色屋子，希望能瞥见玛格丽特，接着就看到她和两位姐姐正走在上学路上。我闭上双眼，好让这一幕成为自己带走的最后影像。

当时死亡无处不在。从我的初恋到因外婆的离去而归来的母亲。

我记得玛格丽特·古德曼脸上的一切细节。尽管它看起来绝不像是长达三十年的记忆，但我仍坚信自己记得丝毫不差。

就算在那时，玛格丽特的脸也不是玛格丽特的脸。只有从适当的角度看，玛格丽特才真的是玛格丽特，或者说当我没在看她时，她才是最接近玛格丽特的玛格丽特。这个想法可以说是一个九岁孩子的巨大发现。她的声音就像她的味道（橙汁）一样恒久不变。她有一套固定的穿衣搭配和特定的走路方式，但她的脸却难以预料。

我不是说她在做鬼脸，或者脸部痉挛。我觉得能做奇怪鬼脸的孩子很有趣，但他们大部分是男孩：尼克·雅各布、马克·古尔德、彼得·科里根……我指的也不是她的容貌会不自然地变化。无论从哪个角度看过去，有些东西总是恒久不变：她虹膜的颜色、眉毛的浓度和睫毛的长度。这些东西在玛格丽特脸上都很平常，可是一旦我确确实实盯住她看，那些好像又永远只是断章取义。

这让我很受伤。

九岁那一年，我就已经学会分辨母蚱蜢和公蚱蜢了。我知道会发出鸣叫的是公蚱蜢。我还知道到哪儿去找产卵管，会分辨上唇和下唇、单眼和基节。

那不只令我骄傲，也很实用。

首先，对外婆而言，知识——即便是难解的知识——让花在公立图书馆的时间有了正当的理由，她允许我在图书馆想待多久就待多久，但前提是，我回家时，能够拿出证据来证明自己没将时间花在"性垃圾"上。所以，从阿斯特里克斯①到伊恩·弗莱明②，不论读了什么，在回家前我还是得从科里尔百科全书③上背点儿东西。（直到今天，我依然想不出有什么能比科里尔里的欧洲菜粉蝶或人虱的剖面图更漂亮。）

---

① 法国著名系列漫画《阿斯特里克斯历险记》中的主人公。
② 伊恩·弗莱明（1908－1964），英国作家、记者，詹姆斯·邦德系列小说作者。
③ 1950年美国出版的二十四本综合百科全书。

第二，学会分辨前足和后足或胫节和跗节，让我更加接近自己钟爱的一些昆虫。

然而当我首度确认玛格丽特的脸的这个特点时，好像不对劲的人是我，不是她。不对劲的地方并不在于将人的脸与昆虫相提并论，而是在"分辨容貌"这件事上倾注一份热情，而让我困扰的是，玛格丽特的脸常常变化。

对其他人的脸，我就没有焦虑感。外婆的脸尽管多变，但无论她酒醉还是清醒，坐着还是蹒跚而行，辛苦呼吸还是看着电视，都仍是外婆的脸，让我焦虑的不是她的脸。

我对玛格丽特的这种情感在后来的岁月中产生了最强烈的回响。我的意思是，我承认吸引我的女人都有着相似的面部特征：眼睛、睫毛、眉毛，从玛格丽特（第一个）到茱迪塔（倒数第二个），我都能找到相似之处。并非她们长得像，而是她们的面容遥相呼应。

我猜想其他男人也一样，经他们再三思考后，吸引他们的女人的脸都是相似的，我也猜想，为他们提供范例，让他们在这个或那个女人脸上发现吸引力的，正是他们的母亲。

你或许会想，遭受母亲遗弃的我所欣赏的女人应该没一个会像她。然而恰恰相反，所有我爱过的女人，包括玛格丽特，都神似母亲，这委实令我震惊。

（对，连你也像。）

当我闭上眼睛时看到的那张脸,是所有玛格丽特的脸中,最接近卡达琳娜的那张脸。当时我还没见过母亲,所以不可能在玛格丽特的脸上认出她来。然而,在我内心某处,我确定自己认出了她。

玛格丽特·古德曼和我同龄,从我们出生的一九五七年到我离开佩特罗利亚的一九六七年,我们一直是邻居。

古德曼家的女孩们我当然都认识。我帮她们甩绳子。她们教我跳绳和使用玩具烤箱。

虽然暗中爱慕安德莉亚,但玛格丽特却是我的初恋。我想这就是命中注定吧,但对此我仍然困惑不已。

一九六六年的夏天,玛格丽特的姐姐简与达伦·麦吉尼斯陷入爱河。

"我爱亚利克斯·麦克唐纳,但我与达伦热恋。"

这是她的说法。

对我来说,两者的差异太过深奥,我真的不理解。再说,我真的非常讨厌达伦和每个麦吉尼斯家的人。他们是一小群爱尔兰害虫,主要的乐趣在于将我压倒在地,好让他们年仅七岁的小弟弟巴里抡起拳头来揍我。所以当他们的父亲死于癌症时,我一点儿也不难过。

然而就像来自外国的消息会在本地自我发酵一样,简·古德曼对达伦·麦吉尼斯的爱让她的两个妹妹开始思考。每当以十五岁"高龄"之姿与我们讲话时，简总是在说：

1）高中生活
2）达伦·麦吉尼斯

我一边听着高中生活的种种，一边渴望着自己的储物柜、体育馆、化学烧杯和代数（我觉得这是我听过的最美的关于数字的名字，发音就像糖渍石榴子）。爱慕达伦·麦吉尼斯的女孩子不少。他十六岁，和哥哥们合开一辆破旧的雪佛兰"黑斑羚"，打棒球和篮球，而且"真的知道如何对待一位淑女"。

还有更多的东西，但简一定会补上一句：

"你们还太小，不会懂的啦！"

（她指的是求爱和身体亲热的部分，我至今依然觉得难以理解。）

即便如此，在夏天结束前，安德莉亚和玛格丽特还是双双性急地交了男朋友。安德莉亚选择了唐·史密斯；玛格丽特则挑中了我。

客观来说，我是个异乎寻常的选择。

首先，身为埃德娜·麦克米兰的外孙，我继承了她的一些名声。

"麦克米兰太太外表看起来正常,但随时可能失控。她常欺负珍妮·本杰明的妈妈……"

其次,玛格丽特的父亲几乎无法掩饰对我的厌恶。这种厌恶与外婆有关,也和天生的反感有关,并且和常与我在一起的舒瓦兹太太有关。

然而,尽管前景不被看好,尽管我被尴尬地告知:

"安德莉亚和唐的关系已经基本稳定了,呃,我们何不也试试?"

我仍然同意成为她的男朋友,最后还发现这个角色挺让人陶醉的。*

九岁的我们都不确定要如何稳定交往,于是毫无兴致地决定要做什么和不要做什么。

"牵手?"

"可以啊。"

"我们该不该……"

"你想吗?"

---

* 直觉的力量始终令我诧异,就像是别人在你想着其他事情时提了个问题,而你在回答时并没有意识到自己知道那个答案;或者像是一个问题的答案已在你舌尖盘桓多时,却毫无预警地在你睡觉时强力来袭,将你撼醒过来;又或者它根本不像问题,而比较接近施予你肉体深处的酷刑,一种长期存在,无法形容的需要,并且成为个人的一部分。不,事实上,也许它终究像是个问题。

"我不想。"

"噢……好吧。"

无关痛痒,也未经深思熟虑,我们曾:

1)亲过一回,为了看看是什么滋味(不怎么有趣但也不是不喜欢)

2)牵手(温暖但笨拙;并不全然讨厌)

3)分享饮料(很少,并且只在有吸管的情况下)

4)从学校一起走回家(一向如此)

5)放学后看电视(苦恼,因为一见到我就会说"嘿,我闻到了黑鬼气味"的达伦·麦吉尼斯常和简在那儿,古德曼先生五点半也会回到家)

6)在古德曼家后院玩(大部分是和一群女孩跳绳)

那个秋天我们常常约会去某些没必要去的地方,无数次走路去买冰棒、冰激凌和甘草糖。经历了这些之后,我开始觉得这种状态还不错。对于玛格丽特的陪伴,我并不厌倦,甚至开始留心起她身体上的魅力。

我们唯一的一次冲突发生在一个放学后的下午,当时我们正在古德曼家的地下室看《啄木鸟伍迪》,达伦·麦吉尼斯边下楼边用他一贯友善的方式说:

"有个黑鬼黑鬼黑鬼……"

而不论出于什么理由,玛格丽特选择了维护我。

"他不是黑鬼。"她说。

这一下可逗乐了我们周遭的人,我不知道自己该不该笑。当玛格丽特冲到院子里时,我仍然不知道自己应该跟出去,还是和其他人一起留在地下室。

我还是跟出去了,却不太高兴她毁了我的下午。

撇开那件事,撇开我和她分开时开始感觉到的痛苦,我们的恋爱真的挺好。

我居然对另一个人有过如此单纯的感情,这让我十分讶异。

从那之后,我再没有过那样的感情。

不论我和外婆共同生活了多久,她对我的生活又有多么惊人的影响,我对她的认识依然很少。

我提过她的厨艺(帕布伦麦片和李子布丁)

　　她的嗜好(蒲公英酒)

　　她对我的幸福的间歇性的关心

　　她的邂逅

　　她对诗的热爱……

她养育我,给了我一种形式的家,在清醒时为我做了她力所能及的一切，在放纵时也没给我留下无法挽回的伤害。对我来说，这些才是最重要的。其他的一切只会遮蔽这关键的一点。

如果外婆无法全心全意地爱我，那也不全是她的错。况且，撇开我们之间的恩恩怨怨不说，我是爱她的。难道不是这样吗？十年来，我所知的温柔，尽管不常拥有，但仍来自于她。

外婆过世时，我的心都碎了。

如果我们对彼此的关心再多一些，我就会早些发现她的死，但我们之间很早便发展出一种互相给予大量自由、很少交谈的关系。

这种共识是，一旦能独立购物，我就要依照她钉在软木板上的购物单去买东西。如果她打算做比通心粉和奶酪更精致的食物，也会让我知道，以便我能在菜还热的时候赶回来。（并非每次都好吃。）

通常，她只为那些还来拜访的老朋友做精致的餐点，自己吃的则都是意大利腊肠三明治配萝卜沙拉。所以食物并没有将我们拉得更近。

家务也没有。

虽然外婆自己很邋遢，我却不敢到处乱扔衣服或将碗搁着不洗。外婆一旦追究起是谁制造的脏乱，就会变得相当严格；要是我落在她之后整理，就是大逆不道①。所以我为数不多的东西（书、衣服、漫画和鞋子），都整整齐齐各归各位地收在房间里，家里其他地方则需保持我所见到的原状。

于是我只能无聊地待在家里，等着臭味、盘子和报纸使外婆清醒过来动手整理，然后再开始一轮新的循环。

我不明白外婆是怎么打发时间的。对于持续不断消逝的时光，她有何想法？她是活在那即将来临的死亡中吗？外婆一定也感受到了我所感受到的寂寞，但也许她对孤独另有一番想象，比如一道悬崖和一轮白金月亮。

不管她想的是什么，她终究于一九六七年去世了。

那是四月的一个星期五，因为隔天不用上学，也没规定几点以前必须上床，所以我确定是星期五。我存了十五分钱要买《神奇四侠》漫画，我只能偷偷带进家里，因为外婆非常讨厌漫画。

一放学，我就直接回家拿存钱的那些空瓶，然后再试着无声无息地溜出去。

瓶子叮当作响的声音吵到了外婆，她说：

"托马斯，是你吗，亲爱的？"

（据我所知，这是她最后的遗言。）

"是的。"我回答。

---

①原文为法语。

从商店买完书后，我跑到学校操场上看漫画。我本该在那之后回家的（漫画卷在腿上，塞进袜子里，藏在长裤底下），却碰上女孩们在古德曼家的车道上跳绳，而玛格丽特又要求我帮她们甩绳子。

甩了大约一个小时的绳子后，我才回到家。

外婆依然坐在她的扶手椅上，面对着电视。电视开着，正在播《让我们歌唱吧》。我给自己做了个花生酱加果酱三明治当晚餐，然后尽量安静地溜回自己房间。

确认安全之后，我喊了一声：

"我要读书了，外婆……"

然后我趴在小小的床上，重看每一格《神奇四侠》。

为了防止自己再看一遍漫画，并且过早看腻，得拿些外婆看了不会不高兴的书出来看：大仲马、狄更斯或笛福。而正如周五常常发生的那样，我看着看着就睡着了。（我清楚地记得自己当时在想，好奇怪，外婆居然会看《让我们歌唱吧》，她痛恨这种"猫叫春"似的声音。）

隔天早上，我被电视声吵醒，那是一种还没开始播节目的噪声。外婆依然坐在扶手椅中，但从我站着的角度看过去，那坐姿很奇特：直挺挺的，背部不再靠着椅背。

"早，外婆。"我说。

她没有应声，但那也属平常。要是她一直在喝酒，自然不会理我。但我还是觉得不对劲。首先，她身上的气味比平常稍浓烈。起先我以为是冰箱里有东西坏了，但厨房的味道闻起来比起居室还好，这事本身就透着奇怪。

"外婆？"我说。

还是没有回应，于是我想：那我也不要和你说话了。

我给自己做了个人造黄油三明治，喝了杯橙汁，再跑到外面的花园里玩。但一个念头老是在脑中盘桓不去：《让我们歌唱吧》和那强烈的味道……以及……

以及什么？

我心不在焉地寻找蜈蚣，欣赏隔壁柳树的新芽，但那感觉就好像将一件珍贵的物品放错了地方。

然后，突然间，我知道自己漏掉了什么：她的呼吸声。取代费力吸气和大声呼气的是一片寂静，沉寂无声。我简直无法形容想起遗漏之事时那种如释重负的感觉。

我回到了屋里。

"外婆，"我说，"你今天要出门吗？"

没有回答。

我采取了史无前例的做法，将电视关掉，凝神倾听，什么也听不到。我很高兴自己是对的：没有声音，只有我自己的呼吸声。

我大大地松了口气。我想要说:瞧,外婆,你没在呼吸!

她眼睛睁着,面向电视,但却是盯着电视机上方的墙上的一点看。

我碰了碰她的手臂。

就在那一刻我才首度意识到灾难的征兆。我要去哪里?该叫什么人?该说什么?

我第一个也是最让人安心的念头是去找舒瓦兹太太。我可以毫不惊慌地告诉她一切,她也不会指责我任何事情。我开始觉得内疚,觉得自己必须为外婆所遭受的一切负责。

可是舒瓦兹家没人在。我敲她们家的门敲了好久。

要是我想向熟悉的大人说,那就只剩下古德曼家了,而这也确实是得从前门找大人的事。如果古德曼太太应门,情况可能不会那么糟。

应门的是古德曼先生。

"什么事?"他问道。

"我想我外婆死了。"

"什么?"

"我想我外婆死了。"

"这是什么恶作剧吗?"

"不是的,先生。"

"你怎么知道她死了?"

"她没在呼吸。"

"你确定她不是呼吸得浅?"

"确定,先生。"

"好吧,好吧,我几分钟内就赶过去。"

他关上了门,而我没有其他地方可去,就回家了。

一直到做了自己该做的事之后,我才觉得和外婆的尸体待在同一所房子里有点儿可怕。发现她过世后,我有一件事要做:告诉某个人。但那只让事情变得更糟糕,好像向人家说了就是终结掉她一样。如今我和她的尸体以及自己的思绪独处,随着时间的流逝越来越感到不安。

我不知道要坐在哪儿或站在哪儿。厨房太靠近起居室,地下室比起居室还吓人,虽然我的房间可以充作小小的避难所,但距离前门又太远,会听不到敲门声。

我从厨房走到房间,再从房间走回厨房,无法决定待在哪里。在我的卧室里,我断断续续尝试看书,但心思太过涣散,根本顾不上关心克鲁索①或达达尼昂②。我坐在厨房里,等着敲门声。这所房子的声音本来是我自出生以来已经听惯了的声音,如今却吓坏了我。

---

①指《鲁滨孙漂流记》的主人公。
②指《三个火枪手》的主人公。

在厨房时，我想回房间。回房间后，我又想到厨房去。但我却一次都没想到去外头。

我并不是害怕外婆的尸体，你懂的。我只是没办法不去想它，而且时间过得很慢，古德曼先生花了好几个钟头才来敲门。

外婆在三天后下葬。

我还记得她的葬礼，但记得很模糊。圣菲利浦教堂里的人不多，而且大部分是老人，绝大部分都是女人。

"噢，对，呃，嗯，艾蒂真是个了不起的女人。"

"并不是说她没有脾气。"

"我们不都有脾气吗，老天爷……我敢说，她不比我们任何一个糟。"

"比一些人还好……比一些人还好。"

"你坐在棺材左边吗，桃乐茜？我和你一起坐。"

教堂光线昏暗，就像我记忆中所有的教堂一样；祭坛上有高高的白色蜡烛，长凳间放着小小的褐色棺材；周围弥漫着熏香、蜡烛和广藿香的气味，因为我坐在舒瓦兹太太旁边。

这里也和所有教堂一样寂静无声，所以每一声咳嗽和吸鼻子的声音都清晰可闻，再加上回音、长凳的吱嘎声和赞美诗的沙沙声。

"噢！上帝，我们的千古保障。"如火焰短暂地一闪便迅速熄灭，第一句很响亮，随即安静下来，只有几个声音继续唱下去。

仪式结束时，我从没见过的六个男人将外婆的棺材从教堂抬上灵车，然后车子便开走了。

我不太记得埋葬的过程。我在现场，眼见棺材被降下，随即被洒上第一把土，但我对这件事的印象就是没有像对教堂、六个着黑色西装的男人和熏香的味道那般深刻。

我不认为那是自己和外婆共处的最后时刻。

外婆的过世和葬礼，她算是部分出席了，但那并不算是我们的时刻。如果真有最后一刻这回事的话，我们最后的时刻出现在她已完全不在的一周后。

我一直待在舒瓦兹家，睡在艾琳的房间，但睡不安稳。一个星期后，因为需要更多的衣服，加上想看漫画书，所以我回了趟外婆家。

那房子看起来几近陌生。没有灯光，窗帘全部拉拢，好像所有事物都在等着外婆归来。一个人待在房子里，我几乎像她过世那天一样害怕。

我原本并无打算看外婆的卧室。那是外婆一直禁止我进入的地方。我已经好几年没见过里头，都忘记它是什么模样了。

然而，再度冒险进入我曾经的家时，我感觉到了与这里的某种联系，毕竟这是我唯一真正熟悉的房子。

外婆经常坚定地说我的停留只是暂时的，说一旦我那"可怜的"母亲回来找我，我就会被带到"正当的家"去。但不管那是在哪里，我已经开始害怕起那正当的家，而渴望着这里：一个不属于我的又并非完全不属于我的房子。除了这座房子、自己的房间、我的衣服、外婆给我的书和她的遗物之外，我一无所有。

这一切都让我感到失落。

进她的房间前我犹豫了一下，担心会被外婆逮个正着，但推开房门，我却发现了一个井然有序、散发着薰衣草香的地方。放着淡蓝色被子的床铺得整整齐齐，没有多少灰尘，也没有我原先预期的混乱。

这完全不像我所能想象的外婆。

在房间唯一一扇窗户的一侧，一面简单的长方形镜子挂在五斗橱上方。窗户朝向格洛弗街。五斗橱上有一张镶在银制相框内的照片，是外婆年轻时的照片。在她身旁，有位高大英俊的男人，戴着黑框眼镜，身着长大衣，用手环住她的腰，那是外公。这是我第一次看到他的模样。

她的床对面的墙边有一个衣柜，白色的百叶门没有完全关上。衣柜的一半被专门留出来挂外婆那两件长裙；下面是两双毫无特色的黑鞋，以及一把我从没见过的雨伞，伞柄头是一颗涂漆木球。另一半则挂满许多套深色西装，下面是两只褐色鞋子，一只就可以装得下我的两只脚。

衣柜充满樟脑的味道。

窗户对面的墙边有个矮矮的宽书架，里面排着数学书、赞美诗、钢琴琴谱和童书：《柳林风声》《爱丽丝漫游奇境记》《格列佛游记》……

这个房间令人心醉神迷。

我又看了一眼五斗橱，然后决定既然没什么害处，不妨偷看一下里头，只是随便看看而已。

其中一个抽屉放内衣。另一个空无一物。最后一个则摆满杂物：陀螺、戒指、地址簿、线、其他国家的硬币、放大镜、加元，这堆东西下面，还有一沓照片，和一捆用红色橡皮筋绑着的信件。

照片是外公的独照和他与外婆的合照。

那些信都没信封，是母亲写给外婆的。第一封写于一九六一年，当时我四岁；最后一封写于一九六七年二月。外婆保存了它们，这我可以理解，但她为什么瞒着我呢？

我躺在外婆的床上，面前摊着书、信、照片、硬币和放大镜。我读了母亲寄来的信，对所有没提到我的内容都感到乏味。我用放大镜观察外公的照片，细看我在熟悉的书中找到的新插图，浑然忘我，直到在外婆的房中、在她蓝色的床褥上沉沉入睡。

我不知道一个人是否会因他人对自己的所作所为而原谅自己。我花了好长一段时间才原谅了外婆，我还没时间来原谅自己。但我愿意想象在那个房间傍着她而睡，甚至想象自己睡在她怀里，就像我五岁以前那样，而无论我做过什么，我们都得到了彼此的原谅。

外婆去世后的第十四天，母亲回来了。她心里只想着一件事，一件要做的事：带我走。

卡达琳娜坐着一辆米黄色的四门的玩意儿回来，身边跟着一个缺牙的大胡子男人，皮埃尔·马塔夫。

我不知道她是如何得知外婆的死讯，也不知道她是如何弄清我待在哪儿的，但面对母亲的归来，我可以感受到舒瓦兹太太的担忧。一个工作日，正好在艾琳与我离家上学前、舒瓦兹太太出门上班后，车子开到了舒瓦兹家门口。

她敲了门，我开门应道：

"什么事？"

母亲用轻柔的声音说出我听到她讲的第一句话：

"托马斯？"

然后她俯身抱住了我。虽然不太舒服，但我还是任由她抱个满怀。

"我们得走了。"她说。

我知道她是我母亲，别问我为什么知道。

"回家吗？"我问。

"到某个地方去。"她回答。

我有一点时间可以和艾琳道别。我没想到自己可能再也见不到她了（后来有再见过），再也见不到舒瓦兹太太了（可能永远不会再见）。我拿上自己的衣服和漫画。

我们从外婆房子的地下室拿出一个旧手提箱，装进内衣、衬衫、裤子、袜子、鞋子。我还想带走我最喜欢的书。

"别带太多，"母亲说，"其余的我们以后再回来拿。"

虽然很难挑选，但我带了《神奇故事书》《新一千零一夜》还有《金银岛》，因为我无法想象丢下吉姆·霍金斯[①]自己会如何。

动身离开前，我把在外婆房间找到的东西骄傲地展示给母亲看。我以为外公的照片会讨她欢心。

"那不是你父亲吗？"

她从我手中拿过照片，简略地看过每一张。

"是。"她应道。

---

① 《金银岛》的主人公，也是该故事的第一人称叙述者。

我们提着一箱行李,走到外头的车子旁。皮埃尔·马塔夫下了车,用法语问:

"这就是你儿子?一点儿也不小……"

"赶快打开行李箱就是。"母亲说完,又对我说:

"进后座去,托马斯。"

"我们可以和古德曼一家说再见吗?"

"我们没时间。"

"但你不和舒瓦兹太太说再见吗?"

"谁?"

"莉莉安·舒瓦兹?"

"我从没听说过她,托马斯。"

就在那时,我开始怀疑这个来找我的女人的身份。她是多么随意地抛弃了自己父亲的照片,又是多么迅速地离开了她童年的家。

在开往奥兰治维尔的路上,我才明白自己所犯的错误。我刚刚问的是她要不要和莉莉安·舒瓦兹说再见。于是就在开过另一座小镇时,我问道:

"你不记得莉莉安·马丁了?"

对我来说,莉莉安讲的那些关于她们童年的种种绝不可能是虚构的事；难以想象，但这确实让我焦虑。

"谁？"

"莉莉安·马丁……你最好的朋友？"

"我不知道你在说些什么，托马斯，我最要好的朋友多年前就溺毙了。"

"我就知道你会让人倒霉。"马塔夫先生说。

"'滚开'用法语怎么说？"

"嗯……地道的法语是'Allez vous faire enculer, madame,'可是……"

"我懂法语。"我说。

"那最好不过了。"马塔夫先生回道。①

自离开那天起，佩特罗利亚就从我的意识中蒸发，却始终盘踞在记忆里。

从古德曼家的车道上看见玛格丽特的那一刻起，我就闭上眼睛，直到雷瑟斯角为止。

三十年后，我才重回佩特罗利亚，但在回去之前，我想我应该列出一张确切的失物清单：

---

① 原文中马塔夫先生大部分时候都说法语，卡达琳娜和托马斯与其对话时有时也用法语。译文中不作区分。

- 外婆
- 初恋，一个有着调皮发型和褐色眼睛的十岁女孩
- 一个小房间、一张窄床和一扇对着舒瓦兹家后院的窗户
- 成堆的漫画书
- 夏天的森林（气味）
- 春天的森林（声音）
- 充满以下生物的原野：（植物）蓟草、乳草、菊苣……
  （动物）帝王蝶、蚱蜢、蟋蟀、瓢虫、鸲鹠、鼹鼠、青蛙、乌龟、成千只毛毛虫、上万只蚂蚁……
- 面包店的香味
- 凯尔理发店的护发素（和塞得紧紧的足以勒死人的白色围布）
- 竞技场、展览、奶牛……
- 一个我几乎所属的社区，尽管非我所愿

从成千上万个记忆碎片中，我能够一户接一户地重建起那地方的三维图景。

地理

5

心绪不定,最近我心绪不定。

我花了太多的时间在过去上,很难回到现实中关注吃饭和阅读的问题。我深陷于有关卡达琳娜和亨利的回忆,也变得更加纵容自己。

  七点: 我被闹钟叫醒,并进行一天开始时应做的工作(排便、洗涤、除毛)。
  九点: 写作,中间休息一次,用来喂亚历山大和打扫房间。
  十一点: 继续写作,留意别错过午休时间,吃一顿(清淡的)午餐:芹菜。

下午一点： 给《市民报》写信，坦白说，这从来花不了多少时间，现在更是几乎不花时间。我得逐页搜寻任何值得推荐或需要反驳的东西。近来我心思并不在这上头，但我依然坚持，因为这是一种与外在世界的联系，也是一种让我合理看待自己的痛苦的联系。

下午三点： 检查所写的东西，然后去图书馆，或长时间散步。（走到哪儿或走多远不重要。这些天我散步时都想着你。）

下午五点： 从图书馆回来，阅读。什么都读，然后吃东西。

晚上七点： 继续阅读，不过有别于五点所读的东西。所以假如从五点到七点读的是自传，那接下来的两小时我会选诗集或史书。比方说，我昨天从五点开始看史密斯写的罗伯特·格雷夫斯的传记。（这让我想起亨利。）七点时，看《精神现象学》（贝利著，翻译版）。（其中，黑夜里所有奶牛都是黑的那段描述也让我想起亨利，不过这本书的巨大魅力在于，虽然我读的是英文版，但感觉好像在用我全然不懂的德语理解似的。）

晚上九点： 再喂亚历山大，并再洗次澡。（如果你将拥有我，我的爱人，你该拥有干净的我。）

晚上十一点到早上七点：睡觉。

漫游于过去，回来喂亚历山大……

到处可见笛卡尔哲学的污渍，不是吗？思想在过去，身体在当下？然而我比较喜欢这样想：当我书写过去，身体其实也跟着回去了。

就像是闹钟响起时你正在做的梦一般。你在梦中按掉它，起床，甚至还淋了个澡。其间你不断听到一个或像铃声、或像电话、或像小孩哭泣的神秘声音。然后突然间，或许就在淋浴当中，你终于发现那是你的闹钟的声音，而你仍在睡梦中，尽管淋浴很棒，培根正在火炉上煎着，太阳也早已升起，普照梦中的城市。

你全部的自己都在那场梦中，身心皆是。两者都必须回来按掉闹钟起床。同样，两者也都必须从过去归来，好让我喂亚历山大。

我更喜欢这么想：部分的我在一九六七年受苦的同时，其余的我已在三十年后的当下腐烂。

我不想让你认为我花了很多时间在阅读哲学上。哲学距离和私人世界相关的诗歌仅仅一步之遥,同样令人不舒服。要不是亨利,我根本不会去读黑格尔。

尽管如此,我还是读了黑格尔,还有总是随之而来的古希腊人,然后我突然想到,赫拉克利特和巴门尼德会成为悲惨的旅人。

对赫拉克利特而言,万事万物均在流动当中。你永远不可能两次踏进同一河流;除了永恒的改变和转化之外,别无永恒。当家无法继续存在时,旅行将变成多么悲惨的事?一旦你离开,就永远无法回头了。"那么佛罗里达的价值靠什么确定?"你会问。

但其实在赫拉克利特的体系中,就算自己身处其间,家仍时时在变。睡眠、休息、闭目或停滞都无法让家一直是家,所以离家也所谓了。

相反,对巴门尼德来说,变化即虚幻。万法归一,所有的运动、转化和变化都只是感官的错觉。旅行不会发生,唯一存留的是家。"哪里才是佛罗里达?"你会问。那将是多么无趣而令人绝望的情形。你会感谢上帝赐予自己五种感官,尽管它们具有欺骗性,但却让旅行成为可能……

这就是亨利会喜爱的那种沉思,但我想说的是,我有时真的搞不清楚自己身在时空的何处。

我正试着向你谈论自己,但我失败了,不过我希望这失败不是无法克服的。

我和母亲、马塔夫先生走过的那个省很难确定位置。

我当然没有到过全部的地方,很多地方都只有海狸才能进入。在到金姆利和穆索尼去开小型会议的途中,我曾途经该省的北部,讶异于那些茅舍、房子和水上滑车,以及隐身在如蒂米斯卡明、奥巴坦加、巴察瓦讷湾、中帕特丽夏、苏卢考特、凯沙鲍伊这类神秘名字后头的破败车站。

不过据我的经验,此地的南北两方可以共享一个标语:

安大略:临水的地方

对于一个看起来像一条被切掉头的鱼的省份来说,这个标语很贴切:

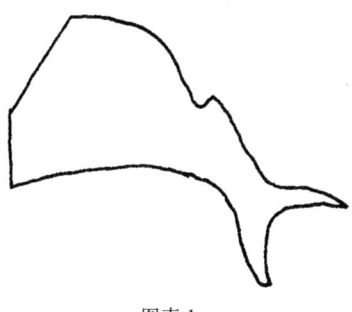

图表1

（或像一条被曼尼托巴省咬住头的鱼。①）

这里有许许多多的湖泊、池塘、江河、溪流……水多到地图都放不下，好像一个人只要往任何方向走上两步，就可以游泳、掉入薄冰或溺水。

一九六七年开车经过安大略南方的感觉却不是这样。虽然那里有许多水，但令我印象深刻的却是巨大的圆石、岩礁、泥土和树木，还有母亲和马塔夫先生那令人费解的短暂关系。

6

从离开佩特罗利亚那一刻起，我小小的世界便四分五裂。

我跟着两个陌生人，坐在充满烟味的车后座。正因为是和陌生人一起，所以每一个物理细节都很重要，它们是显示我所在位置的线索。

一九六七年四月，我是母亲的儿子，但"儿子"是个太抽象的概念，我从来没做过这样一个"儿子"。我是"托马斯·麦克米兰"，但那对我有什么用？所有加诸托马斯·麦克米兰身上的细节，对母亲或马塔夫先生而言，都没有任何真正的意义。

---
①安大略与曼尼托巴相邻。

假如我刚好是那种外向又合群的孩子，我可能会利用这种困惑建立起我想要的那种关系。一切都是空白，正是重新定义自己的大好时机。那一刻，在那辆开往东方的车里，实在有太多的可能性。

然而，尽管他们不认识我，我也不确定托马斯·麦克米兰是谁，我还是随身携带了太多东西，以至于难以建立起任何新的关系。我带着十年孤单的岁月、一种面对有暴力倾向的人就顺从的习惯、一份自我保护的沉默和过度敏锐的观察能力；这些特质中没有任何一项有助于一个人在这世间采取行动。恰恰相反，正是我随身携带的这些东西使我不到迫不得已决不会采取行动。

况且，我唯一能做的事是决定该如何解析母亲的行为。

你知道，当时我并不怨恨她，我爱母亲。我见过她的快乐、悲伤、体贴、冷漠、可爱、睚眦必报，但我始终无法完全确定如何解析她的言语或行为。

如果世界上其他地方都有类似的困难，那就不会这么奇怪了，但我认识能将她如乐器般把玩的男人，也认识因她的性格复杂而没有办法、或者不想再交往下去的男人，偏偏这些好像正是能赢得她的爱和关注的人。

我至今仍然纳闷母亲是否只令我一人困惑；尽管我要为

自己辩解,我怀疑她根本就是挑我在她旁边时,故意表现反常的。

记得那是在离家后不久,我们坐在她的起居室里聊螳螂。当时是园艺季节。每年春天她一定会问我昆虫的事,不是问怎么除掉它们,就是问如何最好地利用它们,比如螳螂。

我坐在她全新的白沙发的一头。她一边继续进行着对话,一边起身走进厨房,带回一罐覆盆子果酱和一只汤匙,故意滴了一匙果酱在我旁边的沙发垫上。

我猜想这是母亲表示不赞同我的方式,所以就转变了话题,建议说或许对于像她那样小的花园而言,除草剂大概最管用。接着,不知不觉中,我们的交谈内容就转移到化学问题上了。

接下来的两个礼拜,每次我去看她,都避免提到沙发,而且自然而然地挑污点以外的地方坐。

有一次,首都清洁公司过来清洗家具,我刚好和母亲在一起。那时我才发现,一个月前,母亲抽中了一次免费的打扫服务,那是她生平首度中奖。但当时大部分的家具都是新的,要是没有一些污渍的话,那项奖就没有用处了。

也许如果我开口问,她可能会告诉我为什么要将覆盆子果酱滴在她的新沙发垫上。但我好像一直都没有学会如何在正确的时间问母亲正确的问题。要是我问她为什么要将果酱

滴在沙发上,她可能会回答类似这样的话:

"我忘了咱们的甜点了,甜心。"

出于某些原因,她总认为我太严肃了,不值得认真对待。

除母亲外,还有马塔夫先生要考虑。令我忧虑不安的第一个想法是:他可能是我的父亲。

这种忧虑大半关乎他的外貌。对十岁的我而言,他带给人的反感简直难以言表。首先,他缺了颗门牙和旁边的侧门牙。他没刮胡子,穿着一件有流苏袖子的麂皮夹克,皮肤比我还白。他不比当时的我(五英尺)高出多少,因为我清楚地记得每次面对面,我都无法避开他的呼吸,那闻起来就像湿狗。而且因为我曾宣称自己懂法语,他便常与我说法语。我确实懂法语,可从来没听过魁北克方言。他一开口,那一连串的新词和近乎非正统的发音就让我不得不特别专注。

每次停下来吃东西,或给散热器加水,或等发动机冷却的时候,他就会揉着我的头问:

"小子,还好吗?"

并抬头看看母亲。和我在一起时马塔夫先生显然不太舒服,我想不通他为什么不揉她的头,别来烦我。

"你儿子不太说话。"

"所以……?"

"别招我烦,该死。我就是提一句。"

"谁要揪掉你的头?"①

"你知道我在说什么……"

马塔夫先生的车有一堆问题,其中最糟糕的是散热器有个小漏洞,迫使他必须不时停车,好让车子冷却下来或给散热器添水。车前灯也坏了,这对旅程的影响就和散热器一样大。我们都是挑偏僻的路走,避开都市(伦敦②、基奇纳、奎尔夫),夜间也不上路。

我们通常不讲话。大部分时候很沉闷,有时候也很有趣。

出发的第一天天气温暖。我把口袋装满从路边捡来的石头,在大人需要讲话时到路边晃悠,朝自己发现的任何水洼或细瘦的桦树丢石头。

母亲和马塔夫先生常常需要谈话或独处。他们真自私;若是我和他们中的任何一个稍微亲近一些,或不那么习惯独处,肯定会很痛苦。事实上,我的确很痛苦,这时石头和树木、毒菌和蕨类植物刚好够我忙活。偶尔,我会躲到石头或树木后面,直到他们中的一人或两人一起过来找我为止。这样做似乎有些冒险,因为我不确定他们一定会来找我。

---

①上一句"别招我烦"的法语原文字面意思为"别拔掉我的头"。
②指加拿大的城市伦敦。

不过，在我探险一番后回到车旁边时，真正有趣的时刻才到来。有时马塔夫先生明显很生气。有时母亲很安静。他们有时平静，有时激动。有时他们中的一人或两人都很高兴或放松，或至少愿意温柔地与我说话。

在佩特罗利亚和奥兰治维尔之间，马塔夫先生频频停车，后来我都能猜到，从他让我下车到把我叫回车里的这段时间，他们的情绪一定会发生变化。

"去看看树林里有没有马……"

然而每当被叫回来时，我始终无法预测自己将面对什么样的情绪。

和他们在一起时，他们总是交换着侮辱、嘲谑，或对我来说毫无意义的只言片语。

"我怀疑……"

"关于什么？"

"嘘！"

"嘘什么？"

"我们现在不必谈这个。"

"你不认真。"

"别生气，马塔夫先生。"

"总有一天我会生气。"

"什么？"

那每一个音节,或诸如此类的音节,都因一系列细节而别具意义:

> 他的手在她肩上吗?她的手在他肩上吗?
> 他的手在她膝上吗?她的手在他膝上吗?
> 他用的什么语气?她的呢?
> 说一句话之前有笑声吗?之后有吗?
> 这句和那句是在一个红绿灯前说的?还是在开阔的路上说的?

我不可能全部记得。

对我来说,从车外分辨到底是怎么回事倒还容易些。那就像是看房舍里的动物一样:无声无息(从我的视角),他们比手画脚,嘴巴张开又合上,搔头,生气时似乎在颤动,放松时又松弛下来。这种无言(从我的视角)甚至比听到他们的口头交谈更容易理解。

现在我才意识到,在去奥兰治维尔的途中,也就是距离蒙特利尔不远的那一天,我见证了这段关系的最后时日。我得再大一些,才能从本来已成灰烬的感情中重建他们的情事。不过在我看来,爱得比较多的是母亲,马塔夫先生可能不爱她，因为他对身边的一切很不耐烦。

从某种程度上来说，我是对的。

在我认识母亲的这些年里，无论对方对她怀抱着什么样的情感，母亲总是爱上不会留下来的男人。就我个人观察，那也是他们中的大部分人所具备的唯一魅力。

有时我会为他们的离去自责，但行为模式就是行为模式，而母亲的行为模式就是那样。我并不认为她是个受虐狂。离开她的男人中，只有一个是肉体虐待狂，而她非常乐于看到那个人的离开。

这开启了一个令人不快的话题，但我必须承认我并不知道母亲是不是一个性受虐狂。对自己的母亲做出此番暗示是件奇怪的事，尤其我的母亲才过世不久……但这层蒙在父母性事（别误会我，对此我深表感激）上的纱多少隐藏了爱情的一面，即肉体这一面，而这一面正是我们在无意识中从他们身上学到的，你不觉得吗？

再从我推回至母亲身上，我自己缺乏被绑、被鞭打的兴趣，大概能作为她也没那方面兴趣的证明……愿死者安息。

总之，说到母亲和马塔夫先生，一旦知道这个人不过是一群相似的男人中的一员时，他们的"最后时日"的悲伤也就失去了沉痛的意味。

很快,我就发现母亲和马塔夫先生旅行时没带多少钱。

没钱的含义对我来说还是有点模糊。我是说,尽管外婆那样疏离我,她对她以为我需要的东西从不吝啬:羊毛秋裤、坚挺到可以自己立住的衣服、新鲜牛皮做的鞋子,以及像帕布伦麦片这类麦麸营养食品。

我当然也曾想要些没什么用的东西,比如溜冰鞋和自行车,但也不至于对它们念念不忘。

是这趟旅程让我明白了一些贫困的不幸。不,那样说太戏剧化了。我所经历的不幸逊于史诗,但那感觉长伴于我,难以抹去。

我们在卢坎停车加油时,马塔夫先生说:

"你过来,我们去走走。"

我以为他是想在加油站周围绕一圈,舒展一下双腿,但我们却穿过街道,走进一间餐馆。

餐馆弥漫着煤油味。光线昏暗,一边是柜台和高脚凳,另一边是间隔开的用餐区。前门右侧,第一张餐桌后面,有一个红色的可口可乐冷藏柜,被书架上的书挡住了一部分。

"汤姆,去买三瓶可乐,拿给你妈妈。"

"好。"

"嘿,你,可乐多少钱?"马塔夫先生问柜台后面的人。

"几瓶？"

他去柜台前的时候，我从冷藏柜的金字塔堆取出三个翡翠绿色玻璃瓶，照他的吩咐拿给母亲。

母亲对我拿的东西深表怀疑。

"你从哪儿拿的？"

"马塔夫先生给你买的。"

"我明白了。"

她一声不响地等到马塔夫先生回来付清油钱，然后载我们离开卢坎。

"谢谢你的饮料，"她脸色阴沉地说，"你用谁的钱付的账？"

但马塔夫先生心情正好。

"他可真好使，你儿子……"

（他也很好使。他是我见过的第一个用牙齿开瓶的人。直到现在我也没用这种方式开过瓶。）

"你用我们的钱买的这些？"

"对，但我没全付，只付了一瓶的钱。"

"你是怎么做到的？"

"我说了，你儿子真好使。他拿了三瓶可乐，但是那个方脑袋先生没看见，然后……然后，你应该看看我……柜台后面的先生还以为在和法国佬打交道。这点我立刻就看出来了，于是我心里说：好，就让你瞧瞧法国佬的能耐吧。我假装不懂，一个字也不懂！他一直重复：'几瓶？几瓶？'而我就说：'多少钱？多少钱？'……"

马塔夫先生颇为得意。

"他开始不耐烦了。于是我慢条斯理地说：'那孩子……拿的……可乐……多少钱？'这时他火了，吼道：'十分钱！十分！'他对着我的脸大喊：'十分！十分！''好，先生。'我掏出钱来，留下十个黑乎乎的硬币。'真是……非……常……感……谢。'那小子一定很高兴看到我转过身去。你真应该看看他的脸色。"

说到后来，他们两个笑得痉挛，但我看不出有什么好笑的。那等同于马塔夫先生利用我偷了两瓶可乐，尽管我也曾偷过一两样小东西，但还是相信偷窃是错的。

在我小小的世界里，那是错的。

而在现实世界里，那几瓶可乐算是我们的午餐，尽管我们在中午之前就喝掉了它们，且在与充作晚餐的火腿三明治之间没任何东西可吃。

在相处一天之后，我对母亲的认识并没比见面前多多少。

不，并非如此，但我知道了些什么？

我知道了她的长相。这一点不可忽略。她的皮肤比我的黑。鼻子没那么塌，身材瘦瘦的，狂放不羁的长发用颜色鲜艳的串珠发带松散地束着。在她左侧发际附近的脖子上有颗黑痣，那是我从车内她正后方的座位看得最多的明显记号。

我想母亲是漂亮的，尽管闭上眼睛我很难将她的脸描绘成一个年轻女人的模样。（那张脸是从我第一次见到母亲，到她将脸别开过世的那一刻之间，所有面貌的总和。）她不是我原先所预想的模样。她的声音比较低沉。她不温暖也不慈爱，而且我们没有马上就接受彼此。

更糟的是，在她的言行举止、举手投足间有某种东西，让我联想起外婆。

尤其是自我控制，即便在她失控时也依然保持的自制。她从来不曾提高嗓门，就算惊慌失措，也从来不曾显露出恐慌的模样。若无下列事实，你可能会说她头脑冷静：

1）她抛弃了自己的小孩。
2）虽然她写过信，好像很想回来探视似的，但她从没回来过。
3）她在母亲去世两周后回来带走自己唯一的孩子，但身无分文，还带着一个同样身无分文，而且似乎不喜欢小孩的男伴。
4）她搭一辆濒临解体的破车回来。

而现在看起来，那还只是鲁莽征兆的部分清单。如果母亲的不稳定能够明显一点儿的话，对我而言还容易分辨些。在我们相处的头一天，母亲唯一不镇静的时刻是在吃饭时。我看得出她一口咬掉半个火腿三明治时，仍努力控制自己。她狼吞虎咽地吃完，然后打开窗户透气。

我以为那是她欠缺礼仪的表现。我细嚼慢咽。

太阳快下山时，我们停车了，停在奥兰治维尔外的一条土路边，挨着一片水洼，离最近的农舍还有段距离。

我们一定是花了八个半小时左右，才从佩特罗利亚开到一百六十公里外的奥兰治维尔，每半小时有十五至二十分钟都在停车等待；算一算，相当于待车5.6小时，开车2.8小时，用勉强超过五十七公里的可怕时速，沿着偏僻的鹅卵石小路，开过水洼、谷仓、牛、马、粪。

我们默默地吃小块的三明治，喝瓶子里马塔夫先生在加油站接的温水。那是我第一次喝到有鸡蛋味的水。然后两个大人下了车，从后备厢拿出一顶小帐篷。

"你不介意睡在车里吧，托马斯？"

"他已经不小了。"马塔夫先生道。

"你会更舒服的，睡在……"

"我不介意。"

"你看到了没？"

在他们寻找干燥的地面搭帐篷时，天还亮着。我从车内看着他们，直到帐篷撑起来，他们爬进去为止。

帐篷看起来太小了，容不下他俩。

在这种情况下，我要能睡得着就太惊人了。随着夜幕降临，我在后座躺下，聆听夜的声音。

对于一个惊恐的小孩来说，我的表现算得上冷静。

7

如今回首，与马塔夫先生相处的第二天，也就是从奥兰治维尔到马莫拉的那天，才是我和卡达琳娜一起生活的真正开端。

虽然处在一场孤单、混沌的旅程中，我仍保留着那一天的三重记忆：

1. 饥饿
2. 误解
3. 夜晚

1. 饥饿

我没睡觉,或一直在梦境边缘徘徊。

黑夜吓坏了我,平日里让我心存感激的星星那晚拒绝变成我喜欢的星座。假使我想找的话,可能会找到猎户星座,但我不想。天气很冷,除了夹克和在地板上找到的一件毛衣之外,我没东西好盖。

到了早上,空气就像口中含着的沙。路上有雾,天空灰蒙蒙的。(我一直不喜欢雾。)我很饿。

理所当然的,对母亲和马塔夫再出现的期盼似乎反而推迟了他们的到来。从日出到他们两人真正醒来的近午时刻,每一分钟都是折磨。而当他们终于起来时,又好像花了一辈子的时间才将帐篷折成一团,塞回后备厢中。

说来奇怪,如今我对饥饿是又爱又恨。由于来自易于解决饥饿问题的阶级,饥饿对我而言,不像依赖下一口食物维生的人那样,是件摧毁灵魂的大事。对我来说,饥饿是我和身体建立的比较有趣的契约之一。它始于一种近乎愉悦的缺失感,一种对某样东西不见了的察觉。而我可以忽略这种察觉,就像我至今仍忽略怀旧之情那样。不过,这种从一开始就集中于我内心的状态变得越来越普遍;它从身体的执着变为身心两方面的体现。这是挨饿了好几个钟头时,我最喜爱的阶段。身心开始调和会产生一种愉悦。你可能会想到任何东西。就以光秃秃的树在风中摇动的模样来说好了,突然间同一批树可能会让你想起打奶油的搅拌器,想起给鱼涂抹酱汁的刷子,想起西兰花,而如果想到了西兰花,就会想到沙拉;想到了沙拉,接下去就会想到汤了。一旦你想到了汤,而汤,我们这么说好了,是你一点儿都不介意马上喝的东西,就好像你和汤之间一直有着特殊的关系。于是汤本身变成一个智性议题,其重要性不亚于灵魂。于是人们不禁会想:圣奥古斯丁[1]喜欢吃什么?嗯,他是迦太基[2]人,所以他的汤应该用鱼做汤底,鱼做的汤底并且是咸的。若是不知道这一点,一个人怎么可能了解圣奥古斯丁呢?这些想法的目的当然是把我弄到厨房去,但是当思绪真的发挥效用,我也真的到了厨房,我会不可避免地赫然发现自己站在那里,一手拿着汤罐头,一手拿着开罐器。那一刻,人会从一个迷失在思绪中浑然不觉的状态,回到有意识的状态,回到那个念头上:饥饿。这时,如果一个人选择不吃东西,那股冲动可能会消失,好像是在说:好,我将你带到厨房了,我管不着了,不要怪我……而消失之后它又做起它最奇怪的工作:眼下消失,只为稍后回来变得更强烈、更显著,将一切都变成食物,把食物本身

---

[1] 圣奥古斯丁(St Augustine,354–430),古罗马帝国时期天主教思想家。
[2] 迦太基,古国名,位于今北非突尼斯北部,临突尼斯湾。

转化为闪闪发光之物。我也喜爱欣赏饥饿的这阶段：缺乏的感觉还未到无法避免或痛苦的地步；而自己和身体的对话会越来越激烈。这是看得更清楚、更仔细的开端，而且可以持续数天，在这数天当中，我的兴奋感大于痛苦。当然，在这之后，身体厌倦了传递被你当作娱乐的讯息，便会开始专注于进食本身，它会想起那不是它该做的事，然后便会不时发出警告。要是我之前一直在绝食，那便是我想要进食的时刻。在那之后若还继续绝食，就是自我惩罚了。

总之，我提到的那天早上，我正处于接近饥饿开头的阶段，只是当时我年纪太小，尚不懂得品尝个中滋味……

他们一直在吵架。

马塔夫先生心烦气躁。从找钥匙、发动车子到上路，他一直牢骚不断。妈妈问我睡得好不好。

"我饿了。"我说。

"你儿子饿了。"马塔夫先生说。

（听起来好像是我"生气"了。①）

"我听到了。"

"那么，我们得做点什么，或者，还是……"

"我饿了。"我又说了一遍。

---

① 马塔夫先生说英语时带有法国人的口音。

然后我哭了起来，生理需求让我明白了自身处境的悲惨：和陌生人在一起，远离我唯一熟悉的家，和理应是母亲的女人相处不欢，对和她在一起的男人感到害怕，在车后座度过一个又冷又不舒服的不眠之夜，饥肠辘辘。

"好了，喂，我们这时候不需要上演好莱坞片。"

然后母亲说：

"不要那样和他说话。"

马塔夫先生吐出一连串的咒骂，该死的这个，该死的那个，圣餐杯，圣体饼，神龛①，母亲便打了他的侧脸。（本来要写"甩一巴掌"，但我分明记得是拳头，而且车子还偏离车道，撞上了柔软的路肩。）

马塔夫先生可能想过短暂地停车以平复惊骇，或者揍母亲，但他没这么做。他继续开车。过了一会儿，只剩下车子本身的声响和呼啸而过的风声，他说：

"对不起。"

母亲说：

"你是该道歉。"

她打他时，我便已停止抽噎。就连很少坐车的我，也知道在行车途中攻击开车的人很危险，但暴力转变了气氛。我吓坏了；母亲恢复平静，马塔夫先生则放松下来。

---

① 原文为法语，为魁北克方言中表示咒骂的话。

"好,麦克米兰,我们去找点吃的吧。"

他不仅放松了,甚至变得开心起来。

我们停在一个小镇,我猜是艾利斯顿或布拉德福德。马塔夫先生将车停在大街上,虽然已是早上十点左右,太阳也出来了,但街上几乎不见什么人。

"让我和汤姆单独待一会儿。"母亲对马塔夫先生说。

"小姐,请。"他说。

马塔夫慢慢下车,一边从车里走出来一边伸懒腰。母亲转向我,表情严肃。

"托马斯,"她说,"我要你帮我做件事。"

"好啊……"

"你晓得,我和皮埃尔都没多少钱……只够到蒙特利尔的油钱……而且我们已经没有任何吃的东西了……你明白吗?"

"明白。"

"所以……我们进这家店时,我要你帮我们拿些食物。"

"我们要偷东西?"

"对。"

"但我该拿什么?"

"不要拿太大的东西,还要注意看着你的人……拿任何你能拿的东西,任何可以藏在衬衫底下的东西。"

"衬衫底下?他们不会看见吗?"

"你小心的话就不会。"

"但是你要拿什么?"

"任何装得进我皮包的东西。你确定你想这么做吗?"

"如果我们不得不做的话……"

我并不相信事情会如此简单。正如我先前说的,偷窃对我来说,或多或少是陌生的领域,而现在又要再来一次,且这与我前一天拿的可乐不同。我有一种大难临头的预感。

"准备好了吗?"母亲问我。

我说:

"好了。"

(很奇怪,我对这一切记忆犹新,但细节有时却闪烁不定。马塔夫先生的车真的是褐色的吗?我突然想起它是蓝色的,但它又会突然变回褐色,蓝色的是天空,街道闻起来有雨水的味道,而我双手插在口袋里,正往商店走去。)

马塔夫先生已在店里头,正和柜台后的高个儿男人说话。

"去吧。"母亲小声说。

我离开她身边,压低视线,盘查店内。呃,反正就是找找有什么适合藏在衬衫底下的。

店内光线昏暗。有三条短短的通道,沿途货架摆满了罐头和袋装食品,都不够扁,没法拿。靠后墙摆了台冰箱,冰箱里有博洛尼亚风味香肠和素鸡,都压缩得很紧实,可以偷。

我刚决定要偷什么,就感觉自己被盯上了。马塔夫先生和母亲都在店的前头;母亲的皮包开着。

站在柜台后的男人面无表情地等着,我清楚地感觉到他在密切监视着我,尽管我每次转向他,他都会扭过头去。

问题是周围没有人分散他的注意力。后来,终于有个平头的高个子男人走了进来,这段让他分神的时间正好够我各拿一袋博洛尼亚风味香肠和素鸡。我没空想太多,便将它们偷偷塞进夹克和衬衫底下,一个塞在裤子前,一个塞在裤子后。

我花了多长时间?(我们为这件事已在店里待了多久?)我完全不知道。我觉得兴奋、尴尬、骄傲,全身心只想着脱逃,在其中一袋快要从裤腰滑落之前跑掉。

我差点儿就从店里逃走了,从结果来看,我本该跑的。但想逃的话,至少有两个障碍:首先,尽管缺乏经验,我仍知道逃跑无异于承认罪行;其次,我走得越快,越容易弄丢作为午餐的肉。所以我慢慢朝母亲走去。

"走吧?"我走近时,马塔夫先生说。

于是我们便一起走向柜台,终于要走了,我松了一口气。马塔夫先生买了一包口香糖。

"你没有什么要说的吗,托马斯?"

母亲是在和我说话，但我完全不明所以。抬头一看，三张脸同时俯视着我。店主一脸严肃，一只眼闭着。马塔夫先生面无表情，难以解读。母亲看我的神情则好像……很失望。

"没有？"我问道。

"你确定？"

"是？"我回答。

"不是在你口袋里？"马塔夫先生问道。

我从未感到如此困惑。他们俩当然都知道我做了什么，但我以为自己是为他们做的。有可能是我误解了母亲的意思，做了和她想做的相反的事吗？她毫无表情的脸上没有答案。

我清空口袋，把东西咔嗒咔嗒地摆在柜台：我所有的钱（小零钱）、外婆家的钥匙、舒瓦兹家的钥匙、一个真皮皮夹……我越来越不高兴。

大人们不为所动地看着，现在平头男也加入了，他看得兴味盎然。

"很好，"店主说，"现在拉高你的衬衫。"

我抬头看着母亲。

"拉吧。"她说。

袋装食品在我的腰带间。

"我真为你感到羞耻。"母亲说。

"但你……"

在她扇我耳光前,我只挤出这两个字。(除了开玩笑以外,那是她唯一一次打我。)

"拜托不要回嘴。"

她转向店主,并将袋子轻轻推过柜台。

"真的很抱歉。"她说。

然后她对马塔夫先生说:

"你带托马斯回车上去好吗?"

我仍处在那一巴掌的错愕中。

"但是……"

"好,好,"马塔夫先生说,"你闭嘴吧,汤姆。"

他随手将我的东西扫回我手中,便将我拉离了柜台。

我不知道该怎么办——哭、跑,还是站在原地不动。微小的细节从周围的环境中一一浮现:马塔夫先生夹克的淡褐色流苏,木质地板的纹理,门开时门铃的叮当声,我忘了归还的素鸡的凉凉的感觉,还有母亲对店主说的话:

"真是感激不尽。"

外头是阳光、尖塔和路面上的泥巴。当我开始放声大哭,一切都被一扫而空;不是抽噎,不是哽咽,而是一个人在梦中大哭的那种情状,哭到痉挛,哭到上气不接下气,世上的种种,从尖塔到阳光,都使我更加绝望。

"你到底在哭个什么劲?"马塔夫先生问道。

他给了我一片口香糖。

母亲从店里回来后说：

"托马斯……冷静下来。"

我坐在后座，伤心欲绝。然后，当我们慢慢开离艾利斯顿或布拉德福德时，母亲开始将东西从她的皮包里、从马塔夫先生的夹克里拿出来：沙丁鱼、一罐炼乳、一罐汤、花生酱、饼干……

"你好棒。"她说，"那个笨蛋忙着盯你，我们拿到了需要的一切。"

"但你为什么不告诉我？"

"我怎么能说？皮埃尔告诉那个人说我想要给儿子上一课。他告诉他你很狡猾，他得盯着你。要是我告诉了你，托马斯，你就会大剌剌地拿东西。这么做，那个人就会看到你偷偷摸摸的样子，也很高兴能在你的教育上帮忙。对不起……来，这会让你好过一些。"

她转过身来，给了我一点儿吃的。

"真的，"她说，"你棒到我的心都碎了。"

我无法决定是吃东西还是继续哭下去。我相信她说的那令她心碎，但整件事还是太不公平。

现在回头看，那依然不公平；那是一份我本可以不用承受的羞辱。不过，当我试图想出一个更好的计划时，我明白了她的意图和勇气。帮助一位女士教育孩子的那种亲密感一定让柜台后的男人无法抗拒。

而那也的确成为我所受教育的一部分。

直到如今，我很少在不经审慎思考的情况下去做别人要我去做的事，而且直到现在，我依然会避开大沼泽地的海滨房产和纪念攻陷特洛伊城的钱币。[①]

所以当你问起关于我的种种，也许是出于谨慎我才没有开口。（谨慎、沉默，以及不知从何说起。）

我不认为母亲打我耳光时曾想过这些，但她那一记耳光同样是一种历久不衰的警醒。

2. 误解

人们会将很多的精力投注在爱情的细枝末节上：手腕上的轻触、抚上额头的手、身体的某种倾斜，所有渴望亲近的迹象……

但关系破裂的迹象更加能揭露问题：被夸大的意向、隐藏在幽默中的暴力。

"但……你不会是认真的吧……"

[①] 大沼泽地指美国佛罗里达州南部的大沼泽地带，特洛伊城是古希腊特洛伊战争中被攻陷的城邦，两个说法均用于比喻文中"我"的小心。

一个转身，未竟的语句，不是因为彼此间令人感到幸福的默契，只是因为了解其中的含意。

我的意思是，假如一个人在感情死亡的悲鸣中才感受到爱的深度，那母亲和马塔夫先生确实曾经相爱过。

我们停下来吃东西，然后继续上路。花生酱和沙丁鱼那无法形容的味道长存在我的记忆里。

我不记得是否有过尖刻的话，但尽管有了艾利斯顿（或布拉德福德）的胜利，某种压力仍慢慢钻入车中。

母亲将注意力转向沿途的风景：一闪而过的蓝色湖泊，湿地，马、牛或羊吃草的原野，还有树、树、树，细瘦而多节，为获得更多阳光而相互盘绕。

马塔夫先生时不时自言自语：

"那家伙，可让我们给骗了。"

对他来说，和两个惯于保持沉默的人相处，一定很烦闷。他天生健谈，善于表达情感，爱交际。因为没人陪他说话，他便打开放在口袋里的晶体管收音机，将它摆到仪表板上。

"亲爱的，买一点吧……"

他有一搭没一搭地哼唱，将我熟悉的歌用一种漂亮的接近英语的语言唱出来，这让我觉得《加州梦》这种歌变得好听多了。而且，虽然他不和我说话，但却不时在心里想着我：

"有时候你的安大略也不太差嘛……"

或

"天那么蓝,那么平静……"

在停下车来让散热器冷却的某一站,马塔夫先生甚至下车和我一起散步,心不在焉地询问路旁一些石头的名字。

"这是什么?"

"片岩。"

"是吗……这个呢?"

"石灰岩……滑石……石板岩……"

有话题可聊,一定让马塔夫先生大大松了口气。

"片岩……片岩……滑石……石英……石英……石灰岩……"

"你的记忆力还真惊人。"

接着出于尴尬和好奇,我问:

"你在哪儿遇见我母亲的?"

"我在哪儿遇见你母亲的?在温哥华。"

"你认识她很久了吗?"

"这到底算什么?审讯吗?也可以算是认识不久,也可以说是认识一辈子了。这样回答先生还满意吗?很好。"

那是我和马塔夫先生唯一共享的亲密时刻,而让我们彼此失望的是,我提起了一件他不想谈及的事。

3. 夜晚

和前一天一样,我们行驶在狭路和小型高速公路上,从早晨直到日落时分。

我们在马莫拉附近的一座湖边停下,吃掉了更多偷来的东西,然后出乎我的意料,马塔夫先生下车了,独自一人将帐篷从行李箱里拿出来,搭在离车子有点儿距离的地方。

我独自和母亲待在一起。

"今晚我要睡在这儿,托马斯,希望你不介意。"

我介意。

"我不介意。"我说。

这感觉真糟糕。有太多的话要说,或有太多的事要问。我们安顿下来,她睡前座,我睡后座,我们互道晚安。

那是一个寒冷的夜晚,静谧无声。我睡不着。

我好像已经仰望月亮星辰好几个钟头了,这时母亲轻声问道:

"你睡着了吗,托马斯?"

"没有。"我应道。

"到了蒙特利尔后,日子会好过一些。"

"我们为什么要到蒙特利尔?"

"呃,皮埃尔在那儿有认识的人,我们会找到工作。"

"……"

"那是个很棒的城市,我知道你会喜欢的。"

"莉莉安说你不喜欢外婆。"

"莉莉安似乎说了不少关于我的事。"

"你真的不喜欢外婆吗?"

"我当然喜欢。如果我不爱她,就不会把你交给她了。"

"那莉莉安呢?我以为她是你最好的朋友。"

"安妮·莫里斯才是我最好的朋友。"

"她不是淹死了吗?"

"没有,这样说并不确切。"

(对莉莉安·马丁而言,这是多么奇特的一夜。如今母亲承认了莉莉安的存在,不错,却只当她是个旧识。她也承认在马丁家待过一两个晚上,但没有游泳,她不记得有这回事。然而撇开两者之间的矛盾不论,莉莉安描述的卡达琳娜形象在某些方面要比母亲对自己的认识更合理。我始终没搞清楚到底要相信谁的说法。)

"但你为什么不带我一起走?"

"当时我还年轻,托马斯。要是我留着你,我们会没得住、没得穿也没得吃。"

"你不能留在佩特罗利亚吗?"

"不能。"

"我难道没有父亲吗?"

"你当然有父亲。"

"他不能帮我们吗?"

"不,他不能。"

"他不是个好人吗?"

"他当然是好人。"

"那你们相爱吗?"

"你是打哪儿听来的这些事?"

"但你们曾经相爱?"

"托马斯,你还太小,不适合说那个字。真的,实在是太难以……"

(四周一片漆黑,寂静无声。母亲近乎耳语地说着。我则纳闷父亲是不是怪物。缺眼睛?少手指?)

"你爱马塔夫先生吗?"

"我不知道自己什么感觉。"

"你不知道自己爱不爱某个人?"

"我不知道自己爱不爱马塔夫先生。"

(她当然爱他。他是属于她的特殊的不幸。)

"外婆……过去是什么模样?"

"妈妈……她……坚定不移。"

"但你爱她?"

"我当然爱,她和父亲始终相处愉快。"

"你为什么不回来看我们？"

"听我说，托马斯，妈妈有时是一个大写'B'再配上'itch'①，爸爸死后，我们根本处不来。我回去看你们，情况只会更糟糕。"

"怎么个更糟糕法？"

"我会勒死她。"

尽管听起来可怕，但那却是母亲说过的最让人安心的话。

我们都体会过外婆的坏脾气，这种经历将我们联结在一起。我们窃笑时，就像是一对敢叫自己的母亲"婊子"的姐弟。

我们交换着有关曾经的家的回忆，直到深夜。

我曾意识到我的卧室门边的那个小洞是她用铅笔戳出来的吗？还有：刻在踢脚板上的一个名字、一扇破门、一柄破裂的锅把、厨房墙上的一块污渍……全是她的杰作。

我那时要是知道到哪儿去找，就会发现母亲留下的记号无处不在。

而她是不是和我一样早早学识字，坐在餐桌旁念那些艰深的单词：odiferous（臭）、complexion（面色）、Phoebus（福玻斯②）？（是的。）

---

① "Bitch"意为"婊子"。
② 希腊神话中的太阳神。

她还记得她背的兰普曼吗？（不记得了，一个字也想不起来。）

我还记得我背的邓恩①吗？（记得。）

> 我已来到神圣的房间，
> 在那里，你永远的唱诗班
> 将把我变成你的音乐……

我们一起念出那些句子，而在念出它们之时，我听见了外婆的声音。但那好像根本不是她的诗。那是外公的最爱。母亲在念的时候听到了他的声音，正如外婆必定也听到了他的声音一样。

"外公是什么模样？"

"这个嘛，他个子很高……而且温文尔雅……"

"你爱他吗？"

"我非常爱他。"

"告诉我他是怎么死的。"

"托马斯，现在谈那个太晚了。"

我们已经聊了好几个小时。

我是在快睡着的时候问了最后一个问题，那就像在两个

---

① 约翰·邓恩（John Donne, 1572–1631），英国抽象派诗人、散文作家。

世界中提了同一个问题。我从黑暗的世界来到明亮的世界，从马塔夫先生的车，来到梦中的马塔夫先生的车。

梦中的月亮更亮，附近有一面湖，月亮的倒影漂浮在无垠的湖面上。我和母亲决定下车去，涉足水中，夜色如此温暖。

夜色总是温暖的，在我们和湖水之间只有几棵树，地面湿湿的。我听到了轻柔、熟悉的字眼：

……西北航道，麦哲伦，直布罗陀。

而水已至腰间。

远处有一条白色的裹尸布顺着涟漪向我漂来，裹尸布之上落着几十只白色飞蛾。

水面上的飞蛾看得我心惊胆战，接着，我转身想离开湖面，却发现自己动弹不得。

"我动不了。"我说。

但母亲走了。只有湖、树、月亮、飞蛾……

之后我便常做这个梦，而第一次梦到它的那夜令我惊讶。有时，面前漂来的裹尸布中包裹着外婆的尸体；她的眼睛在水面下睁开，嘴巴蠕动着，像是在说着什么，或是要挣开束缚。

其他时候，在裹尸布中的是母亲的尸体。

无论是哪种情况，吓到我的都是飞蛾，以及自己陷在水下淤泥中无法动弹的事实。

我不记得那晚在湖面下的是谁，埃德娜或卡达琳娜，但我惊醒过来，并发现自己仍在醒来的那个地方，这丝毫没有让我感到安慰。

就像失去了希望一样。

8

现在回忆马莫拉，我回想起了我们那次旅程的模样和沿途地形。而将安大略南部和母亲与马塔夫先生的关系联系到一起，让我觉得很有趣。

我甚至还为此画了张图表（见下页图表2）：

Y 轴是感情水平。

> 我并不能确切知道他们两人在何时处于怎样的"恋爱"水平，但我假定感情的最高峰在于启程点：佩特罗利亚 (0, 100)。

X 轴是时间。

> 这也是个估算值。我没法确定我们在任何特定的时

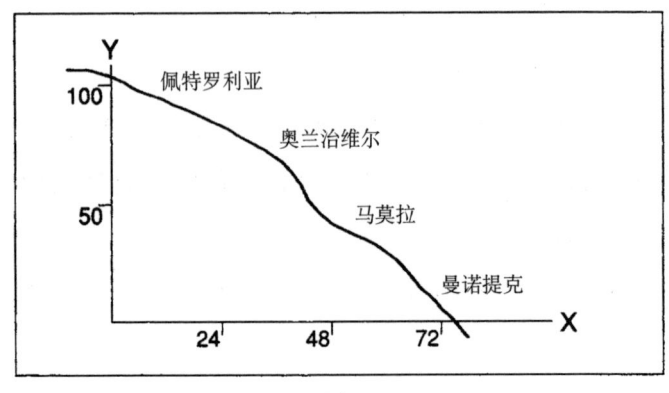

图表 2

间里在做什么或在何处,但我推测曼诺提克是情感水平最低的时刻应该没什么问题,而且我们还花了三天左右才到达:曼诺提克 (72, 0)。

才刚标出坐标,我就开始对这张图表产生了严重的疑问。比如说,为什么不用纬度或经度来代替 X 轴?

安大略起于西经 95°、北纬 42° 附近,止于西经 74°、北纬 56°51' 附近。例如,若能够区别出 77°45'(正是在进入马莫拉之前)和 70°40'(恰好离开在马莫拉之后),就能更精确地找到情感和土地间的对应关系,不是吗?

如果能够这么写的话该有多棒:

- 西经 77°45′

 当鸦湖上空的太阳开始落下,皮埃尔·马塔夫和卡达琳娜·麦克米兰感到悲伤,他们对彼此的感情衰退了,这份情绪将永远和某天某时这片水域的日落联系在一起,和被他们带在身边的一个闷闷不乐的孩子联系在一起……

- 西经 77°46′

 ……先前的悲伤优雅地化为了(卡达琳娜·麦克米兰)关于他们所在之处的猜测,以及(皮埃尔·马塔夫)关于在这阴郁之夜他们最终在哪里落脚的猜测……

我选择用二十四小时作为单位刻度(0-72)的确有些模糊,但精准描绘他人情感所需的想象力实在远超出了我的能力,所以 X 轴的模糊正好吻合我的记忆和想象,或者说正好吻合我记忆和想象力的缺乏。

Y 轴的"感情"概念同样模糊。但无论如何,任何一种经过定义的情感都是模糊的,很明显,精准所带来的问题可能会比它解决的还要多。

比方说,让我们假设在一个更精确的感情尺度上:

100　等于　"没有怨恨的性交"

以及

0 等于"对情感造成毁灭性后果的性交"

这听起来几乎是合理的，但仔细检查后便会发现漏洞百出：

1. "没有怨恨的性交"是对最浓烈的情感的恰当定义吗？
为便于论证，并基于情感的外在表现是我们所能给予情感本身最可靠的证据这一原则，答案是一个绝对肯定的"是"（为方便起见，我们先搁置"怨恨"这个问题，无论它在性交前、中还是之后出现）。

2. 母亲和马塔夫先生在佩特罗利亚时是否有过"没有怨恨的性交"？
坦白说，我不这么认为。我无法相信一个人会在三天后结束这样的关系。如果他们可以在佩特罗利亚进行无怨恨的性交，之后很可能就不会那么快分手。那么在我们的新标尺上，他们一定比较接近0，而不是100。即便如此，因为感情经常剧烈波动（而不像我假设的那样稳步衰退），所以完全有可能在佩特罗利亚或其郊外的某个地方，他们双双落入标尺中代表怨恨可以容忍、使性交成为可能的那个值域。例如，想象一下，他们突然想起第一次相遇，第一次看星星，第一次陷入激情的情景。像那样的回忆可以将他们推高到 50 左右,如此一来,所有的猜测都落空了。

所以,我们的答案是个令人不甚满意的"也许"。

3. 如果情感可以波动得如此剧烈,足以让他们在最后的决裂前进行如此亲密的行为,那我们能否准确地说出,他们是何时不再相爱,甚至是否在分手前就不再相爱了?

不,我们无法回答,而无法回答这个问题,让任何图表、任何包含"感情"在内的绘图都成为笑话。

然而……

虽然我很想将我的图表丢掉,只为不想让你以为我被几何迷住了,但这条缓和下降的线条给出了一些暗示——我们途径安大略时,发生了一些同样呈下降趋势的事情:

- 母亲和马塔夫先生的关系
- 我从舒瓦兹太太那里听来的母亲的版本
- 我的归属感
- 我早期的童年

因此,尽管我讨厌滥用图表,但对我而言,这张图作为一幅画的意义更甚于其作为一张严格的图表的意义。

（我经常在想，你我相处的时光的轮廓会是怎样的：从图书馆到奥康纳街和劳雷尔街交叉路口（不经意间）的碰触；我们在里昂街附近的亲吻，你（刻意）的碰触，透过珀西街的窗户照进来的月光……）

我梦见裹尸布和飞蛾的第二天早上，马塔夫先生很早就叫醒了我们。他将帐篷塞进车子的后备厢，利落地关上引擎盖，并在上车后用力关上驾驶座旁的门。

"好了。"他毫无热情地说。

"笨蛋。"母亲轻声回应。

虽然在我记忆中，那几天普遍是晴朗的，但这一天明显是潮湿的。叫我们起来时，马塔夫先生都淋湿了，夹克上水纹斑驳。一定是夜里就开始下雨了。我们开车的时候确实下雨了。我记得马塔夫先生的斥责。

"把窗户关上，行吗？"

在我打开车窗将手伸出去时，他说道。

我们照旧停车冷却引擎，给散热器添水，但我那天大部分时间都待在车里，待在白日的黑暗与汹涌的沉默中。

虽然已仔细观察了他们两天，但那时母亲与马塔夫先生对彼此的嫌恶仍对我造成了一种创伤。肯定全是我的错；那种沉默、那份紧张,甚至连天气都是。

当马塔夫先生试着和我说:

"坐在后面还好吗?"

母亲便说:

"不要烦他。"

她用这句话清楚地划出了界线。在这场小冲突中,我是母亲这边的人,和我说话就是在和她说话,因为他们在冷战,他便不能同我说话。

我相信这正是马塔夫先生弃船的时刻。我不记得他说了很多话来表示他们之间结束了,但恰恰是这一点说明了问题。他是这样一个精神饱满的男人,他的缺乏反应和沉默就是"说了很多话"。我不记得他有和母亲多说任何一个字,没有"晚安",没有"再见"。不过他故意挑衅般地对我说了话。他说:

"请把饼干递给我,好吗?"

和

"不,我今晚要睡在车里。你和你妈妈睡帐篷。"

以及

"晚安,汤姆。"

现在对我来说,到曼诺提克的路途宛如一场缓慢的仪式,好像事情必须以这种方式在这个剧场上演。

母亲如果愿意的话,当然可以安抚马塔夫先生的情绪。一丁点儿体贴就可以令他回心转意,但她没有做任何努力;在警告他不要烦我后,她就没再和马塔夫先生说一个字,和我说的话也很少。

再者,她可能在等一个道歉,而她对道歉有一套理论。我虽不完全明白她的想法,但我相信应该是这样的:"如果我错了,我会道歉,可是如果我错了,而我们双方都明白是我的错,那么我的错就是个耻辱,理应由你向我道歉。"(有一次我和母亲都在等对方道歉,结果彼此间长达两个月没有说话。)

我不知道在他们独处时,马塔夫先生的表现如何,或许一个道歉她受之无愧。不过在去曼诺提克的途中,比较强势的无疑是她,我能感觉得到她将他的精神压垮了。

除了紧张的气氛与天气,那天倒没什么非比寻常的事。雨下着下着就停了。

吃饭时间到,最后一罐沙丁鱼臭掉了,不过牡蛎罐头还好好的。马塔夫先生说:

"请把饼干递给我,好吗?"

在曼诺提克＊附近停车，准备过夜时，母亲转过来问我：
"你还舒服吗，托马斯？"

马塔夫先生转向我回答：

"不，我今晚要睡在车里。你和你妈睡帐篷。"

他将车钥匙交到我手中。

母亲马上下了车。争论有失她的身份。相反，她表现出一副是她想要我们睡帐篷而不是车里的模样。雨已经停了。我们把车停在河边。她将我们的东西全从车上拿下来：毛衣、食物和书本。

等我们将那团皱巴巴还哗哗作响的帐篷从后备厢拖出来后，我就将钥匙还给了马塔夫先生。

"晚安，汤姆。"他说。

接近马莫拉的这一晚比前一夜更不寻常。

首先是帐篷，一顶蓝色的帆布小帐篷，用金属杆支撑，

＊我常纳闷当初我们怎么会停在曼诺提克，不仅因为对要到蒙特利尔去的人来说，曼诺提克位置太偏北了，还因为该省东北部尾端那一堆多到令人发指的名为"维尔"的村庄：弗兰克维尔、肯普特维尔、多姆维尔、斯坦普维尔、布劳斯维尔、基勒维尔、曼斯维尔、曼威维尔、梅尔维尔、麦里克维尔、密德维尔、瓦加维尔、雷尔维尔、奥兰治维尔、因斯维尔、斯宾塞维尔、海恩斯维尔、埃利斯维尔、拉姆齐维尔、马里昂维尔、埃蒂维尔、斯坦利维尔、切斯特维尔、麦克斯维尔、菲利普维尔、克莱德斯维尔、瑞斯维尔、邦维尔、班斯维尔、密切尔维尔、查尔斯维尔、安德鲁斯维尔、贾齐维尔……好像故意要挑在一个"维尔"之外的地方停。（嗯，维尔或科纳斯。）

木桩固定。帐篷低矮,几乎没有足够的空间容纳两人。帆布潮湿,散发霉味。

帐篷里头比外面更冷。我们快速脱掉鞋子,钻进睡袋,宽度刚好够容下我们俩。

那就像和一个陌生人困在一起。

我们已经接受了自己的角色(母与子),也接受了对方的角色,但这还不足以缓和尴尬。我该怎么说呢?母亲在假装一位母亲,而她心目中的"母亲"形象包含对下一代的爱。我在假装一个儿子,而我心目中的"儿子"形象包含与上一代相处自在。

不知道她感觉如何,但我接受她为"母亲"要比视自己为"儿子"来得容易。我努力保持一动不动,是因为我对自己的不适应,就像对母亲的不适应一样。

而我对母亲的期待又是什么呢?

我所期待的,是以在佩特罗利亚所听到的故事为基础创造出来的女人,一个和外婆不同的女人。我满心期待卡达琳娜,但母亲却抹杀了这一切。

这个二十九岁的女人说:

"晚安,托马斯。"

(并亲吻我的后脑勺。)

我的前十年人生将我带到了这个人面前。关于她的一切都得在脑海中重新诠释。

外婆因为她的女儿而变得不同了。知道了卡达琳娜秘密记号的存在后,我住过的房子不同了。因为赶走过这个女人(之后又召唤她回来),佩特罗利亚镇不同了。就连最近的事件也随着我对母亲的认识的加深而产生了不同的意义。

那晚最棘手的是该如何道"晚安"。当时那似乎很重要。母亲说:

"晚安,托马斯。"

我该说什么?

"晚安,卡达琳娜。"　　(?)

"晚安,母亲。"　　　　(?)

"晚安,妈妈。"　　　　(?)

"晚安。"　　　　　　　(?)

最后我说:

"晚安。"

第二天早上,马塔夫先生不见了。

我们的皮箱被留在路边,但却不见他的踪影。

我先起床,所以是我将母亲从睡梦中叫醒。

"马塔夫先生不在。"我说。

母亲走出帐篷，走到放皮箱的路旁，过了一会儿，发出了我从未从大人身上听过的恐怖的狂笑声。

"你没听到，托马斯。"

不如说我是感觉到了。

在我的记忆中，我们在路旁站了很长一段时间，母亲一直盯着河看，我则不知道要看哪儿，直到似乎河水帮我们做了决定，我们才打起精神，开始沿着河岸朝北走。

我们将帐篷原封不动地留下，睡袋还在里面摊着。母亲提着皮箱，我则试着毫无怨言地努力赶上她。

我们朝北走，但她没告诉我要到哪儿去。多年来，我推测她在路旁沉默的时间全花在试着决定该到哪里去找庇护的问题上，但也有可能她是在试着想除了河流之外的选择，除了亨利·文之外的选择。

不管当时母亲在想什么，在三个人——我、母亲和亨利——的生命中，那都是具有决定性的一刻。

对于到渥太华途中的事，我记得不多。印象中我们沿着马路和河流走了好几个钟头，母亲提着皮箱。饿的时候，她就从皮包里拿出素鸡，夹进剩下的饼干里。

所以，至少我还记得这个。

学科

学科，占卜：通过神谕的，神感占卜；通过圣经的，圣经占卜；通过鬼魂的，心灵占卜；通过魔术透镜中所见精灵的，水晶球占卜；通过阴影或亡魂的，亡灵占卜；通过空中的幻影的，雾气占卜；通过出生的星象的，起源占卜；通过祭坛冒的烟的，祭烟占卜；通过水流的，水流占卜；通过献祭动物的内脏的，动物占卜；通过鱼内脏的，鱼脏占卜；通过献祭的活人的内脏的，人体占卜；通过老鼠的，鼠占卜；通过鸟的，鸟占卜；通过风的，风占卜；一般占卜，普占卜；通过公鸡啄谷粒的，禽类占卜；通过书中段落的，诗行占卜；通过一把平衡的手斧的，利器占卜；通过流星的，流星占卜；通过数字的，算术占卜；通过在灰烬上书写的，灰烬占卜；通过融蜡滴至水中的，熔蜡占卜；通过祭祀之火的，火焰占卜；通过喷泉的，泉源占卜；通过做蛋糕的面团的，糕点占卜；通过一个平衡的筛子的，筛子占卜；通过随意甩在纸上的泥点的，撒泥占卜；通过从石堆中拣出的鹅卵石子的，石子占卜；通过镜子的，镜子占卜；通过指甲反射的阳光的，指甲占卜；通过腹语的，腹语占卜；通过笑声型态的，笑声占卜……

图表3

（占卜术学科简表）

9

要从什么先谈起,城市还是亨利·文?

渥太华变化如此之大,如此频繁,我不知道哪个渥太华才是渥太华。是我从曼诺提克一路走来,首度见到的那座城市吗?那个渥太华我几乎想不起来了。当时我又累又惨,它看起来不过是一堆建筑和玻璃的集合,再加上一些历史遗迹。

这件事想来奇怪,就和我与母亲的相遇一样奇怪,但有段时间我对国会大厦、城堡和运河一无所知。或许从曼诺提克来的时候我见过它们,但它们对我并不重要,于是我记不得了。

拜年幼的我的粗心所赐,一大部分过去被遗忘了,但我错失最多的是对一些特定地方的第一印象。

多年之后,原本对我毫无意义的国会大厦突然有了意义。如今即便在梦中,它们仍残留于我的想象,所以当我在梦中从一个挥刀的疯子面前逃跑时,那些建筑一次又一次出现:

我在桑迪丘[①],跑过后院,越过栅栏,穿过树篱,横穿并绕过大学,跑过劳雷尔桥,国会大厦近在眼前,关闭着,空无一人。而在这过程中,杀手和我一样拥有奇迹般的运动天赋,依然穷追不舍,追着我沿着丽都运河跑回桑迪丘,跑

---
①渥太华的一个街区名。

过大学，跑回桥上，跑回国会，跑回……

所以你现在知道了究竟是哪个城市。我最熟悉的城市因为对我而言太过亲密而无法与人分享，不是我不愿意与你分享，而是因为你必须得至少和我一样如此频繁地接触这座城市才能明白，国会大厦不是国会大厦，而是像用另一种语言说出的词语。

我的意思是，在我的想象中，这座城市有两种纹路。首先是我走入的城市：当我经过邓唐纳德公园聆听树木飒飒作响，麦克劳伦街上充满夏天的气息……运河旁黑色栏杆上有一英寸厚的积雪……走进老埃尔金电影院，走到前排，脱下外套，说句"对不起"，因为我的手肘撞到了旁边的陌生人。"没关系，没关系。"……

然后是我在梦里和白日梦中打交道的城市。

当然，它们并不是完全区分开来的。渥太华滋养了梦中的城市，而梦中的城市则是现实城市的一个维度。

比如战争纪念碑。记得第一次看到这座纪念碑，它那令人生畏的石雕天使和穿过白色拱门的黑色士兵，让我感到更多的是困惑而非畏惧。在我内心某处，这座纪念碑有着远超死亡或英雄主义的独特意味。

多年以后，当我的生活中有什么东西破裂之时，我梦到了那座纪念碑。我无法停止梦见它。拱门与天使像牛奶一样白,士兵们则像活生生的影子,在努力拖拽大炮的时候低声抱怨。出于某种原因,天使生气了,但那就像一位店长在对难缠的雇员生气,它在盛怒之中拍打翅膀,将鲜红色的昆虫推向四面八方。

通过拱门时对着大炮窃窃私语?

从石头羽毛中飞出红色昆虫?

这个梦意味着什么并不重要,如果它有任何意义的话。重点在于,它生动到足以在我心中盘桓一段时间,而当我下次看到纪念碑时,虽不至于真的期待天使挥动翅膀,但纪念碑本身似乎成了这座城市的一部分,也是我自己的一部分。是我身心共通的语言中的一个词语。

我的意思是,渥太华是我身心对话中一个至关重要的信使。这种语言的简短词汇表可能如下:

身体之所在:	心灵的状态:
银行街	无聊、美丽(兰斯登公园)、无聊(一路、四路和七路公交车)
比林斯桥	快乐(理智上的)、绝望(情感上的)
埃尔金街	欲望、友谊(十四路和五路公交车)
主丘公园	奇怪的进步
战争纪念碑	焦虑(与死亡或性相关)

国家艺术中心	友谊、平静、无言
圣劳伦大道	绝望
凡尼尔	只有焦虑……

穿过街道和建筑，小巷和空地，从市场到圣母院到繁花公园到中国菜，等等等等。

当然，我所用的字眼（无聊、欲望等等）都是从仅存于沉默中的语言翻译过来的。而让情况更糟的是，这种语言还会不断变化。对我来说，纪念碑现在的意义已经和它从前的不同了，我经过它面前时不会想到昆虫。它从诗中（《渥太华颂》）一行生动的句子，转为小说中（《浮光掠影渥太华》）一句生动的句子，等我死后，它将化为生动记述红色昆虫的一部百科全书（《渥太华百科全书》，托马斯·麦克米兰编著）。

我一直在说渥太华，但在某种意义上，我也在谈论亨利·文。

举个例子来说，私语言就是亨利的最爱之一。百科全书是他的执念，而关于俗世和梦境，我想起我们坐在一起喝茶、吃糖蛋糕那天的情景。

那是我十八岁的夏天，亨利突然提起他多么希望自己最新的点子能够实现。

"什么点子?"

"我想写自己的解梦传记。"

"对不起,你说什么?"

"或者应该说是我的解梦自传。不管叫什么,反正就是想写下自己的人生故事。或许某个地方的某个人可以从我的经历中学习。问题在于我的生活太平淡无奇了,那样的自传会无聊到让人想哭,你懂吧?如何让它生动有趣,这是个问题。然后我突然想到自己生活中最有趣的事都发生在睡梦中。于是我又想:文,披露梦中你和卡达的生活岂不美妙?接着我又思及:或许,多年来许多人都曾梦过我,要是我可以收集他们的梦然后拼凑起来,可能会相当有趣。我敢打赌我在他人的梦中一定过着充实的人生,要是可以让他们向我说说我出现在他们梦中的景象,那就可以在避免活过两次沉闷人生的情况下,写下自己的人生历程,所谓的解梦传记就是这个意思。汤姆,这是个绝妙的解决方法,你不觉得吗?"

他笑着啜饮一口茶。

我真的认为那是个绝妙的解决方法,尽管它和亨利的其他点子一样,在我心中存留的时间比在他心中存留得要久。在亨利已放弃自己的解梦传记良久后,我仍然觉得这个点子很好玩。

(现在这个点子依旧让我觉得有趣,尽管我不知道,我们真正的生活和他人眼中我们的生活间的差异,是否会比亨利猜想的要无趣。)

很难说在亨利和渥太华两者之间,我对哪个比较熟悉。

我在同一天碰见他们,但之后我与城市的关系更为亲密。要是它突然变成一个人,我一定认得出来。事实上,我有时认为自己就是它的化身。我很瘦,视力很差,精通它的两种语言。我的工作卑微,却有个官方头衔:拉马克实验室高级研究助理。

另一方面,撇开我对他的爱不论,亨利·文的某些方面仍然显得很奇特。所以,如果亨利变成一座城市,我想我不一定认得出他来。亨利本人欣赏的是像三世纪的亚力山大港和文艺复兴时期的佛罗伦萨这样充满感性学问的城市。对渥太华不过是抱着容忍之心。

虽然他从未离开过这座城市,但他仍想办法将自己的一小部分变成了别的地方。

总之,我们从曼诺提克步行至此。

如今回想起当日的情景,母亲的心情必定很差。她带着个哭哭啼啼的小孩,提着两个皮箱,而且除了去投靠一个她并不想见的男人之外,无处可去。

她向过路人问"库珀"在哪儿。

"库珀?"

"库珀?"

我以为我们在找一个叫库珀的人,但其实我们要找的是库珀街。而当我们终于找到库珀街七十七号,它却教人失望。那是一座有点儿脏的三层楼房,曾经可能风光一时,但在一九六七年,它看起来已至穷途末路。

(人的印象可以错得多么离谱啊!如今我就坐在七十七号的二楼桌前,面向窗外的埃尔金街写下这些文字。房子的状况依然良好。)

我们按了门铃。

一个红发的黑人老妇开了门。

"进来,进来。"她说。

好像她一直在等着我们似的。

一楼光线昏暗,弥漫着些许异国菜肴的气味。入口的墙壁看起来好像从没清理过,整面发白。但在经过一组法式房门时,我瞥见一间明亮的起居室,铺着彩色地毯,窗户宽大。(我对起居室的记忆源于对它的热爱。)

但母亲对一楼毫无兴趣。我们直接走到面前的楼梯井,爬上二楼。

虽然贴着淡蓝色的壁纸,可是这儿的墙壁依然显得不怎么干净。楼梯井上方的天花板上雕着一朵石膏玫瑰。玫瑰中央，悬挂着一个球状毛玻璃灯泡。这层楼散发着淡淡的紫丁香味。

我们在楼梯顶猛然转身，我手扶栏杆，就在那儿，在玻璃门后，是一间看起来颇大的起居室。在这间亨利称之为"私室"的房间里，坐着一群在高背椅上高声谈笑的女人。

事实上我不记得那里到底有多少女人，她们似乎都有些年纪，但不可能比当时的亨利（四十岁）大很多。我记得红红的嘴唇和一大堆珠宝：戒指、手镯、项链、耳环……母亲一推开玻璃门，紫丁香和其他花香便扑鼻而来。

那是一次令人印象深刻的女性形象展示，尽管我后来才了解到，可能那些女人实际上是男人。亨利本人既不是变装癖，也不是同性恋，但他乐于与他们为伴，因为这能让他对我的母亲——他心爱的卡达——保持忠诚。

我们一走进去，笑声便戛然而止。母亲用女主人一样的语气说：

"对不起，女士们，我和文先生得谈一谈。"

就在那时，我才第一次看到亨利·文。他站在私室另一端的黑板前。他穿着一套灰色细条纹西装搭配白衬衫，扣子一路扣到顶。我记得那套西装和衬衫，甚至还记得写在黑板一角的数字：

$$+40+4M$$
$$-40-4M$$

（数字永远留在上面。）

我始终认为亨利是我见过的最英俊的男人。他高高瘦瘦的，有一张略微不寻常的脸：深褐色的眼睛，高颧骨，稍稍有点儿大的耳朵。他留着短发，手指修长而优雅。他的皮肤和母亲一样黑，闻起来有股柠檬香皂味，鲜黄色的块状香皂是他唯一使用的香皂，所以直到现在浴室仍留有一丝他的痕迹。对此我并不是一直有好感，但却心怀感激。

他很英俊，但他并没完全意识到这一点。他总是穿戴整齐，衬衫干净，皮鞋锃亮，但近看却会发现，衣服并没有那么考究。比如细条纹的灰色西装有些老旧，手肘的布料已见磨损。

很少有人的言行举止与他一样，不管站得多挺，看上去总是那样周到有礼，又不拘小节。从我们第一次到最后一次握手，我和他的相处始终轻松自在。

母亲正处在慌乱、不耐烦、还拖着一个孩子的状态中。女士们从扶手椅中起身，一个接一个走出房间。

"小可怜。"

"我们就在外头，亨利。"

她们起身带动芳香，等她们走后，亨利说：

"万岁,你击败了那些妖妇。"

然后看着我:

"这是谁?"

"这是托马斯·麦克米兰。"母亲回答。

"托马斯,你能让我们单独待一会儿吗?"

"噢,可是我们还没握手呢。"亨利说。

我们握了手,他和蔼地俯视着我。

一走出房间,玻璃门就在我身后关上了,我便陷入了那群女人(或男人)当中。

"可怜的男孩。"

"看看他脏的。"

"你妈妈没喂你吗,亲爱的?"

"那年轻女人想要亨利的什么?"

我感谢这份关切。

我并不想让你留下对亨利的错误印象。我希望没有因提及解梦传记和男扮女装而过分强调了他的怪癖。如果一个人能欣赏他的激情,尤其是他对奇思妙想和卡达琳娜的激情,那他好像就没那么另类了。

在奇思妙想方面,他是一位鉴赏家,就像蝴蝶、蟋蟀或蝎子的鉴赏家一样。他多半还是个勤勉的业余爱好者,记录了一长串稀奇古怪的概念（参见图表3），而且像大部分业余爱好者一样，旁门左道的东西能带给他特别的乐趣。

有时他会认真地考虑写一部百科全书，题为《文氏摘要：稀奇概念百科全书》。他有二十六本皮革封面的超大"剪贴簿"，里面贴满了词条、定义和原创概念。但就像所有的百科全书一样，开始编写前总有些微妙的问题要解决：

1. 如何给概念排序？

   按首字母顺序？依概念的相似性？（人体占卜应该包含在动物占卜的类别中吗？还是应该在关于人体奇妙用途的一般条目中提及？）

2. 如何处理无名的概念？

   用人皮来包裹书籍，要怎么称呼？用各式各样的缩写字母吗？

   再者，他有权给那些无名的概念命名吗？（对于亨利自创的概念——"顺序爱好症"、"分割主义"等等，这并不成问题，但帮别人的概念起名令他感到厌烦。）

3. 到底要如何准确地定义"稀奇古怪"？

   真正的问题来了。孩子诞生于有女人相伴的男人的喃喃抱怨中，这种观念虽然稀奇，却不成熟，只是个错误的观念而已，要不要收录在内？这大概可以列入"幼稚的误解"的一般条目中，可这一类本身就是一部百科全书。（"天空蔚蓝，因为没有云朵"等等……）

还有一些概念，虽然很常见，但仍然不寻常，收音机就是个例子。

最后还有一些常见且普通的概念，但一经研究，就像稀世珍宝般神秘：住所、时间、数字、因果。为什么要将它们排除在外？

这些问题亨利从来都没有解决，正是这一点说明他是个如假包换的业余爱好者。要是他曾做出任何一个决定，而不是抗拒做决定本身，哪怕工程量浩大，他仍可能早就完成那部百科全书了。

他需要的是一心一意，但那会缩减他真正的乐趣：稀奇概念这一概念本身。他花费数小时、数天、数星期从容沉思，悠闲地冥想，试图发掘出一个具有原创性的、可能有用的、据他所知还未命名的概念。

我不知道他的"新"概念有多好或多恰当是否重要。他对"顺序爱好症"这类概念颇为得意，引用他的文氏手写词条：

顺序爱好症（ARCHEPHILIA，取自希腊文的

"arkhe"：整体，顺序；再加上"philos"：爱）：

1. 对顺序的热爱，表现为在没有明显排序的情况下，寻求（物质或精神上的）系统排序。

图1

2. 就形而上学意义而言，顺序爱好症就是一种对先于顺序的单一本质之消解的渴望。

3.（贬义）对并不存在的顺序的持久追索。

（反义词：顺序恐慌症"Archephobia"：害怕顺序，怨恨上帝或任何类似上帝的人。）

历史上的顺序爱好者：巴门尼德、库萨的尼古拉①、乔尔丹诺·布鲁诺、约翰·邓恩、艾萨克·牛顿。

就算依亨利自己谦逊的规则，这也不怎么令人信服。与其说它是一个概念，不如说是一种描述，因此并不完全合适。尽管如此，他在那个词的发音中得到了莫大的乐趣，因而无法将其从他的作品中剔除。

（很遗憾，我竟然刚好翻开了文氏的这个词条。要是亨利对顺序多热爱一点儿，就能更加深入。他留下的百科全书杂乱无章，条目字迹模糊难辨，夹杂空白页，第十一卷甚至空无一物，这些正是对他所缺乏的品质的一种纪念。）

---

① 库萨的尼古拉（Nicholas of Cusa, 1401-1464），文艺复兴时期德国哲学家、神学家、法学家和天文学家，著有《论有学识的无知》。

只有在母亲身边时，他才偶尔会表现得荒唐可笑。我的意思是，亨利会极度殷勤，而每当不时看到他的这一面，我就能理解为什么母亲和他在一起时总是不太舒服。

如今依我个人的理解，我认为爱是一种以时间为基础的现象。就是说，一开始爱和迷恋都只是腺体的事，一旦腺体发作，还是会有早餐和蹩脚的幽默、尖锐的脚指甲和腹胀，诸如此类的现象连自己都得花时间忍受，更何况另一人了。并不是说听到对方放的第一声屁我就不再爱了，而是说当迷恋的愉悦期过去，我能以清醒的头脑去爱，接受那些自己讨厌的事也是爱的一部分。

虽然亨利并不总是表现得像着迷似的，虽然他是我所知道的唯一一个真心爱母亲的男人，但他对她的感情仍有一丝失控，仿佛母亲的每一面都值得欣赏。

他们都没告诉过我他们是何时或如何认识的，但显然他们已经认识好一段时间了。从我们留在亨利家的第一天起，母亲就抱怨着他的一些方面，那些方面我直到许久以后才发现。而亨利虽然对她永远只有赞美，但当时他远比我更了解她的品质。

（我怀疑亨利是我的父亲，在我们与他相处的第一个晚上，我便问母亲他是不是。我还记得她坐在飘着樟脑味的卧室里那张为我准备的大床边。

"好一个问题。"她应道。)

尽管亨利了解母亲,他有时却会选择最讨人厌的方式来表达感情。我便是由此认为他荒唐可笑。他会特意在母亲面前背诵最多愁善感的诗给我听:

> 我向往的长久的爱已经入港,
> 并在我心驻守……

他将黄色的康乃馨放在装满水的玻璃碗中,摆在餐厅的桌上。他会在晚餐后播放情歌唱片。他买来色彩缤纷的鸟:金丝雀、斑鸠、鹦鹉。

这些事他并不是天天做,你懂的,如今回想起来,也不是时常做。但只需几句托马斯·怀亚特①和几首情歌,就会让我质疑一个男人的理智。而且在我看来,如果他少爱她一点儿,或少一些热情,他们也许可以相处得更快乐、更长久。

然而……

所以……

亨利·文,一个有着中国血统的黑人男子,英俊,高大,

---

① 托马斯·怀亚特(Thomas Wyatt,1503-1542),英国抒情诗人、政治家和外交官,以英国十四行诗的开创者著称。

四十岁,爱上一个小他十一岁的女人,以有限的热情编纂一部百科全书,住在我梦中城市的库珀街,也许是我父亲。

体贴是形容他最贴切的字眼,体贴及钟情。

10

亨利一打发掉那些妖妇,就带我们下楼来到餐厅。

"威廉姆斯太太。"他叫道。

那个红发老妇和蔼地慢慢拖着脚步走进来,现在我注意到她的拖鞋和卷下来的长筒袜。

"什么事,文先生?"

"威廉姆斯太太,这是麦克米兰小姐和她的儿子汤姆。"

"你有个可爱的男孩,小姐。"

"我想他一定饿了,"亨利说,"我们有什么没冷冻的东西?"

"文先生,你知道我从不冷冻任何东西。冰箱里有一些秋葵和米饭。"

"你要吃点儿秋葵和米饭吗?"亨利问道。

我说:

"好,谢谢。"

这辈子我可能只对秋葵说过一次"好,谢谢"。那纤维令人反感。米饭则佐以木豆和几片咸咸的东西,后来我才得知那是猪尾巴。我将每一粒饭都吃了,还从秋葵底下救出了几粒。

"谢谢你,亨利。"我们吃完后母亲说。

"你喜欢吗,汤姆?"

"我不喜欢那种绿色蔬菜,先生。"

"你母亲也不喜欢。"

所以,我们再没吃过秋葵,尽管威廉姆斯太太还是会做卡拉罗,即将秋葵换一种做法。(不过卡拉罗里不可避免会配有蟹肉,而蟹肉是我所能想象的最具异国风味的食物,而且味道不错。)

奇怪的是,如今回想起来,我竟然那么容易便接受了威廉姆斯太太所煮的食物。餐桌上大部分是加勒比风味菜,而在发现亨利的特立尼达血统之前,那些食物对我来说充满了令人费解的异域风味。不过我仍然像生来就习惯吃大蕉、烤饼、芋头般接受了它们。

那些食物与我的新环境很契合。不是说亨利的家是加勒比式的。它不是,不过却比我所知的一切更贴近加勒比,毕竟外婆已将特立尼达的种种扫出了自己的生活和环境。这里,则是海鲜沙拉和糖蛋糕的归属之地。

至少，我是这么觉得的，但几乎可以肯定，母亲和我想的不同。或许在她比较小的时候，外婆还没那么勤于掩盖自己的出身。那样的话，亨利家加勒比的一面，尤其是威廉姆斯太太，就成了唤起她对逃离之地的记忆的不愉快之物。

不过我写的这些全未获得证实。母亲对威廉姆斯太太的确不和善，但也可能另有不喜欢她的理由。问题是，我没办法在回想起她的行为的同时，忽略掉自己对她的行为知之甚少。

这个家的布置完全就是其主人的翻版：有些地方奢华，有些地方破旧。对此，威廉姆斯太太无能为力。

在所有房间中，一楼的起居室是我的最爱。窗帘是白色的。两只猩红色的唐纳雀标本栖息在壁炉上。还有一张暗红色沙发，我可以躲在它的垫子下面。另外，趁大人不注意时，我会将波斯地毯推开，露出从沙发延展到餐厅那漆得光滑洁净的木质地板。穿上我的长袜或站在睡裤上，可以从头滑到尾。

和起居室几乎一样奇妙，又更加神秘的，是入口对面的房间：书房和实验室。除了亨利在使用的时间以外，实验室通常是锁着的，但书房是开着的，除非亨利在里头看书。所以，我最先熟悉的是书房。

那是一间漂亮的书房。从地板到天花板,墙壁都隐于书架之后。书架上有上千册书籍,有些书架甚至一层塞了两排书。尽管大部分书都是皮革封面的,但种类多得难以想象:西格里德·温塞特①短篇小说全集和《尼尔斯骑鹅历险记》摆在伊本·路世德和伊本·西拿②旁,萨德侯爵③摆在亚维拉的德兰④旁,莱恩译的《一千零一夜》和斯宾诺莎的《伦理学》并排,哥舒姆·舒勒姆⑤和尼尔斯·波尔⑥、《萨拉戈萨手稿》和昆虫、哺乳动物、鸟类、星辰的书籍并排……

这些书,加上阁楼、亨利的卧室、地下室和二楼阅览室里的几千本书籍令威廉姆斯太太烦恼,因为她负责清理书上的尘土。这些书是文氏摘要的来源。多年来,它们也是我欢乐、启蒙和恐惧的主要来源。比如,我无法形容发现J.B.S.霍尔丹⑦附有精致插图的《甲虫自然史》时的喜悦,或读完《狐化之女》后的噩梦连连。

---

① 西格里德·温塞特(Sigrid Undset,1882-1949),挪威女小说家,1949年诺贝尔文学奖得主。
② 二者均为伊斯兰思想家。
③ 萨德侯爵(Marquis de Sade,1740-1814),法国贵族,作家,因其放荡的行为和色情文学出名。
④ 亚维拉的德兰(St Teresa of Ávila,1515-1582),天主教奥秘神学家,著名女教徒。
⑤ 哥舒姆·舒勒姆(Gershom Scholem,1897-1982),犹太神秘主义哲学家。
⑥ 尼尔斯·波尔(Niels Bohr,1885-1962),丹麦物理学家,1922年诺贝尔物理学奖得主。
⑦ 霍尔丹(J.B.S.Haldane,1892-1964),英国科学家。

在亨利家的头几个月，我对书房特别感兴趣。那是春天，然后是夏天。我没有朋友，而妈妈和亨利一约会便是好几个钟头。他们只谈论未来。我和他们待不到五分钟，便觉得无聊了。

所以，我读书。

他俩似乎都不关心我读了什么。我记得我坐在书房的扶手椅中，带着惊异、害羞又不解的心情读一本谈论阴道的小说《不庄重的珠宝》，这时亨利突然走进来，快到我来不及将书藏起来。

"啊……狄德罗[①]。"他说。

然后他走进实验室，随手将门锁上。

他们对我喜欢书这一点印象深刻。在他们感情的剧烈动荡期，我这么容易就找到事忙，大概让他们松了口气。

威廉姆斯太太的印象甚至更深。她有时会慢吞吞地走进书房，手拿抹布，看我读书——那是她自己做不到的事。

"嗯……唔……"看了一会儿之后，她会说，"如果他眼睛注视和手指停留的时间一样久的话，一定可以当医生。"

我假装无视威廉姆斯太太，更深地陷入扶手椅中，甚至摆出更加认真的样子，小心地翻动书页，但我期待她的打扰。

排在起居室和书房之后，我第三喜欢的房间，是位于三

[①] 狄德罗（Diderot，1713－1784），法国启蒙思想家，百科全书学派领袖。

楼的我的卧室。若不是因为老鼠,我可能更喜欢厨房和威廉姆斯太太;不是因为老鼠本身,我还蛮喜欢它们的,只是那些落入陷阱被夹成两半的可怜东西让人却步。

卧室并不怎么舒适。不管我将窗户开到多大,它闻起来都有股樟脑味。(如今,尽管卧室附近已经有一段时间没有任何樟脑丸了,我还是能感受到那股气味。)衣橱本身就是一个房间,宽到可以在里面走动。白天还好,但是到了晚上,我会不由自主地想着里面有东西,然后一直醒着,凝神倾听。

我的床铺着干净的床单,就像一潭白色的湖泊。它大得可以睡得下四五个我,而且让人感到安全。

在我们和亨利生活的几年里,母亲每天晚上都会来和我说晚安。起初,那是一种意料之外的亲密关系。她会坐在床边,我们会像知己一样谈论当天所发生的事。

"我不知道我们还能在这儿待多久。"

"为什么?"

"亨利让我很累,留在这儿心理负担太重。"

"我们要到哪里去?"

"不知道,但是等我一找到工作,我们会找一个属于我们自己的地方。好不好?"

"好吧。"

"你今天过得怎么样?做了些什么?"

"呃……我在书房看书……"

"……我病了……"

"……我不能……"

"……我没有……"

"……我做了……"

我不记得当时回答了些什么,但我记得她回答我的话。一星期中总有一两次,我会试着谈论自己学到的知识碎片,希望博得她的赞赏。

"你知道世界上有二十五万种甲虫吗?"

"我不知道。"

"而萤火虫是……"

然而,大部分时候我都想不出该说些什么。从来没有什么事发生在我身上,我所做的事也没有一件值得谈论。因此我们只是亲吻道晚安,母亲离开时顺手将灯关上,我的房间缓缓沐浴在月光中,房门下方透入一丝光线。

与亨利逐渐熟识后,他开始教我一些基本知识,也会来和我说晚安。有时候他和母亲一起来,有时候在母亲之后来。

"晚安,汤姆。"

"晚安,文先生。"

直到一年后,我才改口叫他"亨利"。

亨利似乎对威廉姆斯太太和母亲有着同样的喜爱。

在我发现威廉姆斯太太有多和蔼后,便会坐在厨房看她做午餐或晚餐。我帮助她清理垃圾,或为她做些需要弯腰的事,因为她的背不好,没办法弯腰去拿汤锅和平底锅。每次看书看腻了,或者懒得躲藏时,我就会做这些事。为了躲藏而躲藏,我的意思是,反正不会有人来找我。

通常我们总会有事情可以一起做,即使没有,我也会坐着听她说话,为她说话的模样着迷。威廉姆斯太太非常善于讲故事,可以一个故事接一个故事地讲下去。*

就是在这间厨房里,我第一次嗅到孜然的味道,啃食一粒小豆蔻,或毫不畏惧地咀嚼一小片苏格兰帽椒。也是在这

---

* 我唯一还记得的是关于"无鼻人"布莱克利的故事。"无鼻人"没有鼻子,是特立尼达最丑陋的人之一。他虽然不聪明,也不富有,又属于"下层阶级",但他仍然有办法吸引女人……

"……曾经有个女的和'无鼻人'一起在'胡椒瓶'酒吧喝酒,她决定将'无鼻人'布莱克利带回家作伴,但她不希望被人看见他们在一起,因为她和家人住在圣克莱尔的上层街区。于是她叫'无鼻人'不要碰任何东西,不要站在窗户前,因为她怕别人会看到'无鼻人'住在她那儿。为什么那个女人会要那种烂男人,我不懂。不过有些女人就是那么贱,呵呵。而他一定对她说'好,好'并告诉她'不要担心',因为他那晚和她过夜了……第二天早上,那个可怜的女人醒来,结果看到了什么?'无鼻人'布莱克利居然站在她的阳台上。那个男人只穿着内衣,还对邻居大声嚷嚷:"

"'早安啊,邻居。今天天气真好。早安,太太,你的孩子们好吗?'"

"那个女人觉得太丢人了,被迫从圣克莱尔搬到圣费南多去了……"

(当时我要求威廉姆斯太太一遍又一遍地讲这个故事,不是因为我听懂了,而是因为我喜欢看她模仿"无鼻人"站在阳台上的样子。)

里，我将生姜切成片，做一种味道浓得像碱水的生姜啤酒；我还第一次闻到熬煮酢浆草的味道，那是我最喜欢的饮料。（我已经好几年没尝过那种饮料或者莫比①了。我从来没有学会怎么做，而威廉姆斯太太离开后，亨利也没有心思自己制作那种饮料了。）

每当亨利等待这种酊剂和那种酊剂发生某种反应时，就会和我一起坐在厨房里。他安静地听威廉姆斯太太说话，打开酸辣酱的瓶子嗅一嗅，还帮我将罗望子的果肉裹上砂糖。我想，这只是成年人的一项小娱乐，但由于他花在厨房的时间太多，所以我肯定他蛮喜欢威廉姆斯太太的。

威廉姆斯太太掌管整栋房子。她有进入所有私人房间的钥匙，包括实验室和亨利的卧室。

她的确花了不少时间清扫房子，但打扫不是威廉姆斯太太的专长，房子里有些地方始终邋邋遢遢；而且说实话，也没人批评她。亨利对她很满意，母亲经常出去找工作不在家，而我又太喜欢她了，不会有任何怨言。

如果说威廉姆斯太太有什么缺点的话，那就是她对我母亲的态度。她对我母亲有点儿怨恨。她无法接受母亲夺取了她的部分地盘和大部分权力，尽管这一过程进行得相当不引人注意。亨利在这件事中的立场也是毋庸置疑的。我记得听

---

① 一种特立尼达饮料，由树皮制成。

到威廉姆斯太太说：

"麦克米兰太太居然用巴素擦铜液洗脸？她怎么能告诉我豌豆和米饭里不能加胡椒？"

"我知道你不高兴，希尔达，但你这样说让我听了很伤心。如果卡达不想要胡椒，你将胡椒扔掉就是了。"

亨利并没有生气，但我看得出威廉姆斯太太受到了冒犯。也许她只是想试探一下，看看家里的情势改变了多少，而亨利毫不犹豫的回答又将她的领地缩小了。她处处受到我母亲的掣肘，甚至她的权力中心——厨房——也受到了威胁。

"随便你，文先生。我只是问一问……"

我以为威廉姆斯太太很老了，但她也不过六十几岁吧。她的脸孔黝黑光滑，眼睛是柔和的棕色，她的有些牙齿是假的，很有趣。她知道我对她的假牙感兴趣，有时会将假牙泡在盐水中，留在厨房的桌上。她的头发是指甲花染成的红色，常常扎上一条鲜黄色的头巾来维持发型。

当亨利告诉她将胡椒扔掉时，她的脸立即皱了起来。

"我只是问一问……"

说着，便将一小包红色和黄色的苏格兰帽椒扔到花园去了。

虽然就我所知，那是威廉姆斯太太第一次和母亲剑拔弩张，但我不在的场合，她俩的冲突持续已久，很晚才终于决裂。

我总将威廉姆斯太太的失利与我第一次获准踏入亨利的

小型实验室联系起来,这纯粹出乎巧合。

我们已经在库珀街住了一段期间。

那时我在埃尔金中学读七年级。那所学校有道石头做的外墙,走廊很窄。教室内弥漫着粉笔灰的味道,早上桌子凉凉的。其他的我就不太记得了。

那是我在学校的第二年。我在亨利家已经住得很习惯了,尽管仍然觉得我和母亲随时可能离开。

倒不是说母亲和亨利处得不好;他们处得很好。两人彼此培养出一套依赖对方的日常生活程序。母亲在亨利的陪伴下感到自在,亨利也极力避免妨碍到母亲。他知道不管表现得如何含蓄,他的感受还是会让母亲有点儿紧张。

你知道,上帝保佑他们的灵魂,他们两个都很奇怪,那一年尤其奇怪。一个简单的动作,手一扬或头一晃,都包含了那么多意义。我通常无法时时分辨出他们对彼此的感情。

晚上,母亲可能会说:

"我想我们应该搬家了。"

其实她想说的是:

"我们留下来,你会不会介意?"

她在加拿大税务局找到工作后,我们也确实在周末花时间找过出租房。

不过尽管母亲的态度摇摆不定，我和亨利之间却变得很亲近。

当他知道我开始学习化学时很高兴。

"那么，"他问，"你在化学课上学了些什么？"

我们学过渗透作用、叶绿素和光合作用。我们的自然老师帕克先生还用彩色粉笔在黑板上画了绿色的植物、一轮黄色的太阳、白色的云和一片蓝色的天空。

"渗透作用和光合作用？"亨利问。

"对，两样都学过。"

"有趣吗？"

"有趣。植物将二氧化碳和水变成……"

我们正在书房里，而我手捧一本有关花的大书，就是这本书挑起了我们的话题。那是在放学之后，但母亲至少还要一个钟头才会回来。

"如果你有几分钟时间，汤姆，我想带你去看一样东西。"

亨利从裤子口袋里掏出一把钥匙，打开通往实验室的门，带我走进去。

实验室和我想象中的不同，但却丝毫没令我失望。首先，里面一尘不染。白色油毡地板，白色墙壁，白色天花板。每样东西都干干净净。有一扇窗户，望出去可以看到隔壁邻居。

窗户下方有一个很深的铝制水槽,装着闪闪发光的阀门和水龙头。

实验室中央有一张又长又窄的实木桌,桌上放有烧杯、玻璃试管和状似黑色橡胶塞的东西。

靠墙有几排金属架,上面堆满了广口瓶和烧杯,还有各式各样的玻璃容器,里面装着各种令人眼花缭乱的粉末、液体和固体。像一张全家福似的挂在金属架旁边的,是一张优雅、立体的元素周期表。木质框架框着浅浅的白色塑料格子,每一格内放置着某一元素的样本或代表性物质,注有该元素的名称、原子序数、原子符号以及原子量。

亨利将周期表从墙上取下,放在我手中。

"汤姆,这是这间实验室中最重要的东西。我希望你拿去用一阵子。等你学会所有元素的名称和序数后,我们再一起来做些有关的实验。你喜欢吗?"

"非常喜欢。"我回答。

做实验的主意着实吸引了我,任何一个十一岁的孩子都会如此。光是想到能在玻璃瓶中调制化学品,或做硝化甘油,或注视着液体出乎意料地改变颜色、溢出泡沫,我便觉得刺激无比了。

我花了一个多星期才将那些符号、名称和原子序数记下来。直到今天,每见到一样东西,比如一条银手链,我还能立即说出"47, Ag, 107.868, *Argentum*",仿佛元素周期表就在面前。

不过,我没有马上获准重回那座内心的圣殿。在我发誓自己已经记住那些元素的几天后,亨利考问我有关元素符号和原子序数的问题。

"汤姆,我不记得哪一个元素是70,你记得吗?"

"汤姆,铁的符号是什么?能不能再告诉我一次?"

"汤姆,铱的序数是42,对不对?"

直到亨利满意地确认我已确实掌握元素周期表后,他才抽出一天空闲时间,和我一起制造氯化钠。

"氯化钠?"

"盐。"

盐?多令人失望。有那么多东西可以制造,我们却制造最乏味的盐。

"好吧。"我回答。

"你不想制造盐?"

"不太想。"

"盐虽然不起眼,却是一种美丽的化合物。好吧,我们可以从比较有吸引力的东西开始。比方说,你想不想制造金子?"

"金子?我们可以制造金子?"

"当然。"亨利回答。

他微笑着揽住我的肩膀。

"我们将用古老的方法来制造。"他说。

结果,所谓的"古老方法",是将一种比较低级的元素与炼金药持续接触,使其转化为金子。这种转变称为嬗变(Transmutation),而每一种元素原则上都有潜力变成最高元素——金。

亨利说起这件事,仿佛没有什么比这更神秘的了。为了帮助我理解整个过程,他还补充道,炼金药,或者说点金石,其运作方式很平凡。它只不过能提升原子序数比金小的元素(从氢到铂)的潜力,并提醒原子序数比较大的元素(汞以上)恢复它们的巅峰时刻。

我觉得他的说法非常合理。

"我可以看一下炼金石吗?"我小心地问。

"事实上,汤姆,你还得帮我去拿炼金石呢。这城里有这么多小偷,我必须将它收在一个别人找不到的地方。"

他说的倒是真的。我们往后院走去。

当我们来到花园,亨利回头朝房子瞄了一眼,然后悄悄地说:

"你看到门廊底下那个开口了吗?"

"看到了。"

"我需要你爬到那里面,绕到后门。门下面有一个纸袋,袋子里有一颗石头。麻烦将它带给我。"

他说话时神情庄严,我兴奋地爬到门廊下面。底下到处都是蜘蛛网,还有蚂蚁洞。那里一定也阴沉幽暗,但是我当时并没有注意。在那里,就在亨利说的地方果真有个纸袋,里面有块石头。你没法将它冠以别的名称。我将它握在掌心感受它的神力,而我确实感受到了;虽然借着门廊木板缝中所透出的光线,我看出来那只是块石头。

"好极了。"当我将纸袋交给亨利时,他说,"现在回去洗手,我们明天再继续。"

"明天?"

"对,汤姆。你不信任我吗?"

"但是……"

那不是信不信任的问题。我对他的信任还不及对当初要我去偷窃的母亲的信任。但我相信亨利,相信那块炼金石是神秘而有力量的。明天?

"但是……"

"去洗手吧,汤姆。不要担心。"

那天晚上我不得安眠,躺在床上想象炼金石的运作情形。我理解它可以提醒汞自己的位置,但是玻璃呢?如果我们能将玻璃转变成金子,我就可以每天收集瓶子,从中直接制造钱，而不必辛辛苦苦地换几分钱来攒着买漫画书了。

还有，有了钱以后，我到底要怎么用？

当然，我和一般典型的十一岁小孩一样，想要自行车（CCM 牌）、游泳池和卡丁车。我还想要一个占地无边无际的巨大的家。我想养小动物，想买跑鞋、一台业余无线电收音机……而所有这些，如今都在我的能力范围之内，我越想越兴奋，简直没办法安静地躺着。

我梦想的家是白色的，很宽敞，有可以看见溪流和平原的窗户。我想要的书是黑色的皮面书，绘有色泽鲜艳的插画。其中一本书，我几乎可以肯定我曾梦见过，虽然我不记得自己入睡过，但那本书如此栩栩如生，以至于当我翻到一幅蜘蛛插画时，许多蜘蛛（微小的、精确的、墨黑的）从书页中四散而逃。

那些都是我认为金子可以带来的东西。

第二天早上，我神清气爽地醒来，仿佛睡了一个好觉。我几乎等不及吃完早餐，等不及母亲去上班，等不及亨利叫我去实验室。每件事进行得格外缓慢。早餐似乎没完没了，母亲似乎逗留得特别久，而亨利则气恼浣熊昨晚在他的花园挖洞，整个心思都放在该如何制止浣熊进犯他的产业。他似乎对金子一点儿兴趣都没有。

"我们今天不是要去实验室吗？"我问。

"抱歉,汤姆,当然要去。"

终于,虽然亨利心不在焉,但他仍然带我去了实验室。

我还清楚地记得实验室那天早上的模样:充满魔力。亨利显然根本没忘记我们的任务。在一向整洁的桌上,像天际线似的一连串排放着烧杯、塞子、滴管、蒸馏器和本生灯。那是我生命中罕有的一刻——外在世界刚好满足了我的想象。我不想增添一个烧杯,或减少一根试管。

"那么,汤姆,你看到了些什么?"

我一一描述周遭的每样东西。

"好极了。"亨利说。

他指着一排四个蒸馏器当中的第二和第三个。

"这是真正产生变化的地方。你好好盯住这两个。"

第二个蒸馏器当中有一块黑色的石头浸在澄清的液体里;第三个中则有一块白色的石头浸在同样澄清的液体里——一种比清水浓、比水银淡的液体。那些石头像猫眼玻璃珠一样光滑圆润,看起来几乎漂浮在里面。

"仔细看,汤姆。"

亨利取出我昨天从门廊底下取出的石头,放在最后一个烧杯中,烧杯中注满了……?

"水。"

令我惊讶的是,那石头竟漂在水面。

"我们该将什么东西变成金子呢？"

"我不知道。"

"好吧，何不用我口袋里的东西呢？"

"好。"

亨利点燃蒸馏器下方的本生灯，调好每一盏本生灯的火焰，然后从口袋中取出一个皱折的纸袋。纸袋里装着一些很像泥土的东西，但是他小心翼翼且郑重其事地将那些东西轻轻弹入第一个蒸馏器中。

"那是什么？"我问。

"浣熊大便。"他回答。

煮沸后，第一个蒸馏器的液体转变为棕色，通过一根吸液管流入第二个蒸馏器。到了这里，黑色的石头如同墨水，液体颜色转暗，然后又流到第三个蒸馏器。在那里，奇迹般地，液体又转为白色，并化为泡沫，注入最后一个蒸馏器，也就是漂浮着炼金石的容器。

当程序完成后，前三个蒸馏器中都不再有浣熊大便。亨利谨慎地将所有本生灯熄灭。我们等所有东西冷却一会儿后，亨利才将白色液体和炼金石一起倒在一条绷在浅平底锅口的精致的粗棉布上。接着，他又轻轻地将热水浇在棉布上。

当白色残渣中出现细细一层金子时，我简直无法形容当时的兴奋。我抬眼望向亨利，见到他正注视着我。他脸上带着一抹笑意,仿佛在说:对,实在很神奇。

"我们能不能再做一次?"我问。

"只要你喜欢,我们尽可以继续将大便变成金子,汤姆,但你不觉得那样就没意思了吗?"

我一点儿都不觉得没意思,但我佯装明智地点了点头,好像真的懂了似的,并注视着他缓缓拆除蒸馏器所构筑的城市。

"这个可以给我吗?"我问,指指金子。

"当然,汤姆。但是你要将它放在哪儿呢?你不能放在口袋里,你知道的。"

我们将金沙放在一个上面写着"亨利·文先生收"的白色信封里。我将信封对折一次,又对折一次,以便妥帖地放进长裤口袋里。(我现在还保留着那个信封和最后的一点金沙。尽管信封纸已经泛黑,住址也模糊不清,除非你知道写字的位置才可能看得到字影。不过现在对我而言,那个信封才是最有意义的。)

"谢谢你,亨利。"我说。

"不客气。"他回答,"你出去时将门关上好吗,汤姆?"

他的心思已经转移到下一件事情上了。

我知道威廉姆斯太太不喜欢母亲,但不明白她怎么会那么低估母亲个性的强悍面。不错,我也曾误判过母亲,以为她柔和的声音和平静的外表代表她有平和的心态和沉稳的仪表,但我只是个孩子,威廉姆斯太太应该比我更清楚才对啊。

在亨利展现炼金术之后不久,家里的气氛便开始转坏了。

那是在暮秋或初冬时分。我和亨利已经到过珠宝店一趟,将我的部分金子换成钞票。珠宝商是个灰发男人,有双颤抖的手。他低头专注地看着我,令我觉得有些尴尬,然后拿出不可思议的一大笔钱:七十九加元小额钞票,那是我见过的最大的一笔钱,就某方面而言,也是我这辈子最大的一笔财富。当我们离开珠宝店时,街道已铺上了一层白雪。

母亲和威廉姆斯太太并没有公开冲突;不过考虑到我当时热衷淘金,要想注意到她们的争执,必定要经过一场痛苦的挣扎。我的意思是,我将全部心思都放在金子上,连上学都无法专心。尽管我保守了秘密,却极度想向朋友炫耀亨利将浣熊大便变成金子的事,我的朋友包括瑞秋和米奇·乔丹、托德·罗伯茨和豪伊·雷德希尔。

尽管母亲偶尔恶意提及威廉姆斯太太,但我认为她们的地位其实再清楚不过。亨利在苏格兰帽椒一事上那么坚定地站在母亲一边,我不懂威廉姆斯太太为什么还搞不清。

如今回想起来,我实在不明白威廉姆斯太太为什么要浪费精力去斗。母亲对扮演"文太太"的角色不甚自在。如果威廉姆斯太太耐心一点儿,将姿态放低,她绝对可以恢复权威，亨利·文家的麦克米兰时代不过是昙花一现。

但不知道为什么，她就是无法接纳母亲。

也许威廉姆斯太太有善良的一面，却做不到温顺；有体贴的一面，却做不到谦让；有幽默的一面，却做不到虚伪。

我在推测一些我一无所知的事情。也有可能威廉姆斯太太只是基于个人利益，拒绝和别人分享她的主人亨利，甚至私下对亨利存有爱慕之意。

我所注意到的，只是偶尔流露的小小的争执迹象与模棱两可的事，直到威廉姆斯太太终于败下阵来，那些迹象才变得明了起来：

- 她将餐盘放在母亲面前时，双手颤抖。
- 母亲在场时，她显得僵硬不自然。
- 提到母亲时，她的语气不带任何感情。
- 她开始称呼我为"不幸的"孩子，并负起教育我的责任，教我唱一些古老而特别的歌，比如《卡洛琳》《金债券肥皂洗掉你的滑稽朋克》等。

母亲有何反应呢？

- 她有时会做表面功夫，显得和蔼可亲。

- 晚上,她偶尔会用带有恶意的字眼形容威廉姆斯太太:"那个老太婆……""那个满脸皱纹的……""那个可恶的……"

亨利呢?

- 他似乎比我更不善于观察,既没注意到威廉姆斯太太的不驯,也没注意到卡达琳娜的反应。

于是,威廉姆斯太太的统治在冬季告终,就在我用一把金沙换取钞票不久后。

母亲和威廉姆斯太太间曾发生过一件尴尬的事。母亲随口提到,她觉得穿拖鞋在屋里走来走去实在怪异。

当时正穿着拖鞋的威廉姆斯太太受到了冒犯。她僵住了,一言不发地走出餐厅,一副忍气吞声的模样。从那一天起,她只穿鞋子,不穿袜子,且一直穿同一双鞋:一双黑色低跟皮鞋,不幸的是,和母亲的一双皮鞋非常相像。

一天晚上,在那次有关拖鞋的评论发生大约一个星期后,母亲来向我道晚安时,终于爆发了。

"我真受不了那个女人。"她说。

"谁?"

"她会毁了我们的。"

"谁?"

"威廉姆斯太太。我真不懂亨利为什么要把她留在身边。"

"威廉姆斯太太?"

我看得出母亲很恼火。尽管她声音柔和,但说话时一只手一直按着我的肩膀。

"你有没有注意到她的鞋子?"

"她的鞋子?"

"她将我的鞋子拿走了。"

"她借去穿?"

"她直接拿去穿。"

我不清楚威廉姆斯太太为什么会拿走母亲的鞋子,而且,根据艾利斯顿(或布拉德福德)发生的事,我不太相信母亲说的话。但她做了一件出乎我意料的事。母亲要我说我看见过威廉姆斯太太拿走她的皮鞋。

"但我没看见过她拿你的皮鞋啊。"

"很多事你都没亲眼见到,"母亲回应道,"但那并不重要。"

多么优雅的说辞。

我一向惯于细密的思考,母亲通常不会,但如果她有心的话,她也会特别有心机。所以我"没亲眼见到"又怎样?这不是关于鞋子的事。这不是关于偷窃的事,也不是关于愧疚的事。威廉姆斯太太已经危害到我们所共享的小世界,使得我们无以为继。她非走不可,否则我们就得走,那么来一点小小的诡计,将她驱逐出境又何妨?

我已经喜欢上了威廉姆斯太太,但还是偏向母亲。这个诡计让我们两人更为亲密。

第二天晚上,我、母亲和亨利围坐在餐桌旁。威廉姆斯太太精心准备了一顿饭,只是食物本身也反映出叛逆之意,每样东西都辣得人嘴唇发麻。

我清楚地记得威廉姆斯太太在我们家的最后的时刻:神情木然,沉默不语,有些脆弱,拖着脚步,低垂着头,鞋子在地板上来回踢踏。她的方方面面都突显出一天过后的疲惫,但她仍维持着小小的反抗——对母亲的冷淡。也许她心里在想,她最终一定会胜过我母亲的,至少过了这顿饭,她就少服侍"麦克米兰太太"一餐了。

我们吃完晚餐后,母亲叫威廉姆斯太太回餐厅来,柔声说:

"亨利,托马斯有事情要告诉我们。"

他们三个都看着我,我也回看他们,整个过程中不但毫不紧张,而且饶有兴趣,好奇我的话会造成什么后果。

"威廉姆斯太太偷了母亲的鞋子。"我说。

说出来真刺激。

"怎么回事？"亨利问道。

"威廉姆斯太太偷了母亲的鞋子。"

亨利盯着我，仿佛漏听了某些关键性的话。

"我偷他妈妈的鞋子？"威廉姆斯太太问道。

她瞪着我，仿佛我说的是外国话。

"她现在穿的就是。"母亲轻声细语地回答。

"你说谎。"威廉姆斯太太冷冷地说。

这多么荒谬。威廉姆斯太太只有笨到无可救药，才会偷了母亲的鞋子，还穿着到处走。但是……或许威廉姆斯太太以为母亲不会注意到丢了一双鞋，或即使注意到，也会碍于礼貌不便追问。为了亨利的缘故，我尽力给威廉姆斯太太的罪行留下很大的发挥空间，尽管我想他一定知道这一切有多么荒唐。

我一讲完不得不讲的事之后，三个大人便别过脸去，背对着我。

"你说谎。"威廉姆斯太太重复道。

餐厅陷入一片沉默，那沉默在我的记忆中不断伸展收缩，就在威廉姆斯太太尽可能地挺直脊背、红发别在耳后的时刻。

尽管指控荒谬，但母亲并没有为此辩护。她镇定地注视着威廉姆斯太太，直到亨利说：

"我很抱歉，希尔达……恐怕你得离开我们了。"

"但是,文先生,这双鞋子根本不合麦克米兰太太的脚。"

这是很关键的一点,为了证明,她还倚着桌面,用一只鞋子抵掉另一只鞋子,笨拙地脱下鞋子。

没人去看鞋子。

"我很遗憾,"亨利重复道,"但是你非离开不可。"

又是一阵紧张的沉默,亨利低头看着餐盘,母亲则盯着威廉姆斯太太,直到威廉姆斯太太终于拿出所剩的尊严说:

"是我为你感到遗憾,亨利。"

我这一生中见过无数人离开房间。每一次离开都是不一样的。尽管留下的是你,但有些人离开时你会随之而去,有些人不曾离开却已被你遗弃。威廉姆斯太太穿着一件白毛衣。(她的裙子到小腿肚,是淡蓝色的,背影看起来十分瘦小。)那时候她的离去对我而言,既没有悲哀也没有可怜的意味。那不过对某件事或其他事件的合理结论,但有时我觉得是我遗弃了威廉姆斯太太,而我的一部分也随威廉姆斯太太而去。

"谢谢你。"母亲在威廉姆斯太太离开后说。

"不客气,卡达。"亨利回答。

事情就是如此。

然而……

那件事在我的潜意识中不断发酵,我一直有这么个念头,我相信亨利也和我一样。

那是一种很难描述的感觉。威廉姆斯太太的离去固然令人感到烦恼，主要不是因为我撒了谎，而是因为我撒谎的方式。当时大家一定清楚我的指控不过是一项托词，用来证明我是站在母亲一边的。我不过是一剂催化剂。你甚至不能把那叫作撒谎，真的。那更像是盲目的效忠。

我也不完全对结果感到失望。在威廉姆斯太太离开后，我们三人，我、母亲和亨利，确实变得更亲密了，不管这段时间是多么短暂。

所以，真正令我烦恼的是，说谎是多么容易、多么有吸引力，可怜的威廉姆斯太太多么轻易就被谎言完全抹杀了。

亨利对这件事的感受更难以描述。他和我一样没办法站在威廉姆斯太太一边，不过他一定知道我们的欺骗行为。我猜他对我应该和对自己一样失望，虽然他没有惩罚我的意图，但他不再教我炼金术，这对我来说既是一种教训，也是一种谴责。

在威廉姆斯太太落败后的几个星期里，我仍然在挥霍用金子换来的钱。我买了漫画书（《蜘蛛侠》《钢铁侠》《奇异博士》）、匡威全明星球鞋，以及一台短波收音机。我快乐地花钱，认定自己开启了财富之门。七十九加元实在是一大笔钱，我用了两个月才花完。

在那段振奋人心的日子的尾声，我决定买一件新大衣，一件比身上穿的轻便些，而且是蓝色而非绿色的大衣。我很得意自己的花费更务实了，并决定未来还要花得更加务实。最后我还想到可以为别人买东西，为母亲和亨利买，虽然这么一来意味着要多炼一些金子，以便够我自己花。

我带着一种宽宏与慷慨的心情，询问亨利我们可不可以制造更多金子。

"你想要什么，汤姆？"

我详细地向他解释对我来说拥有更多金子是多么重要，以及我多么后悔没早点儿发现自己的慷慨，不过既然现在已经发现了，他和母亲会成为主要的受益人。我可以为他们做好多好多事。

"你需要多少，汤姆？"

然后，考虑到有之前三倍量的浣熊大便应该够多了，我便要求了三倍的钱：两百三十七加元。

亨利眼睛眨都不眨，仿佛给一个十二岁的孩子几百块钱是全世界最自然的事。他从上装内侧口袋掏出五张二十加元的钞票。

"我现在没有那么多，"他说，"这里是一百块钱。其他的我晚上再给你。"

他根本不懂，我心想。我不要他的钱。拿他的钱是不对的。我想再制造金子——无论什么时候,我们想制造就制造,不是吗?而且虽然过程比较迂回,但我还是宁愿亨利能将浣熊大便转化成金子。

"我们不能炼金吗?"

"你确定?"亨利问。

"确定。"

"随便你吧,汤姆。你知道去哪儿找炼金石。"

我确实知道。尽管春天还没到,地面是湿的,我还是爬到了门廊下方,仿佛那里是地表阳光最灿烂的地方。我为亨利现在信任我、让我去拿炼金石而感到骄傲,也再度为自己新发现的成熟感到骄傲。我心里已盘算好为亨利买一个皮夹,为母亲买一副毛皮衬里的手套。

那天晚些时候,亨利叫我到实验室去。

这回我比上次还要兴奋,尽管对转化的过程已经不像上次那么兴味盎然了。桌上和上次一样排放着各式烧杯、蒸馏器和本生灯,构成一道美丽的天际线,像是用耐热玻璃打造的世界尽头之景。但是眼下,我只是急切地想用金子去换钱,最好今天就去,麻烦了,谢谢。

"浣熊大便太潮湿了,"亨利说,"我们该用什么呢?"

"随便。"我说。

"那么用棉花怎么样,汤姆?"

"好主意,亨利。"

当万事俱备,液体适当沸腾,炼金石优雅地浮起来时,亨利从抽屉里拿出一团棉花,用黑色剪刀剪碎,放入第一个烧杯。

"这样会是上次的三倍量吗?"我问。

"应该够了。"

当棉花微粒经过炼金石时,转化发生了,用水洗过那团白色淤泥后,果真出现了金沙,是上次的三倍量。

"亨利,我们可不可以现在就去珠宝店?"

"当然可以,汤姆。"

我们前往银行街的 W.A. 欧文珠宝店,因为那是最近的一家。亨利给我一条干净的手帕,金子就倒在手帕中央。手帕尾端用线绑住。我小心地将金子从口袋中掏出来,放在欧文先生的玻璃柜台上。

"这些你能给多少钱?"亨利问那位珠宝商。

"这是什么?"

"金子。"

"多少克拉?"

"二十四。"

"嗯……"

那个珠宝商人高马大,蓄着胡须,戴着一副黑框眼镜。

他抓起一些金沙揉成一团。

"这些并不多。"他说着便将金沙倒入一台精密天秤的容器中。"不到四分之一克拉……其实这对我并没有多大用处……十块钱?我想我可以把它用在小活计上,连接零部件之类的……十块钱,包括这条手帕。"

"谢谢你。"亨利说。

我既困惑又失望。一离开商店,我立即问亨利为什么那么多金子只卖十块钱。

"因为它只值这么多。"亨利说。

"但这次是上次的三倍!"

"所以,这告诉了你什么,汤姆?"

即使要我的命,我也搞不懂。

"欧文先生一定欺骗了我们。"

"绝对没有。"

"但是……"

我们沿着银行街缓缓地走着,经过库珀街,继续朝萨默塞特街走,路旁的灰色建筑在记忆中显得更为灰暗。到了萨默赛特街,我们转向西,离家越来越远。

"如果我们想炼多少金子就可以炼多少金子,那会发生什么事?"亨利问。

我抬眼望着他。

"可以想买什么就买什么。"我回答。

"但那种状况不会持久,汤姆。"

我们在布朗森街掉头,然后往北走到里昂街,又往东走回库珀街。

"世界上没有炼金石这种东西。"他说。

在每个蒸馏器的底部都有薄薄一层蜡,里面嵌有细碎的金粉。

"但是……"

他付钱给第一个珠宝商,让他购买我们的金沙。

这真是既没意义、又残忍的骗局,我心想。过了很久,我才原谅亨利的这次背叛,又过了很久才明白了其中的意义。但亨利本人对我的难堪倒也没有幸灾乐祸。

当我们踏入库珀街七十七号时,他说:

"你应该把钱拿去,如果你想要的话。"

我也这么想;不过那是当时的想法,不是后来的。

11

到现在,这篇稿子已经写了好几个月了。

事实上我已经写了四个月了,我很惊讶自己有这么多或

这么少的东西可写;说这么多,是因为我一直在写别人的事,但有关自己的细节其实很少。我的意思是:

我长什么样?

穿什么衣服?

声音听起来如何?

不过,我写作的唯一乐趣,如果可以称为一种乐趣的话,便是与其他人在一起。只要我和母亲或亨利在一起,我生活的细节便显得重要了。

此外,在我写作的时候,我的生活便是他们的生活。尤其在威廉姆斯太太离开后,我更加被他们两人的一切深深吸引。

他们是否彼此相爱?

前面已经写到了不少我所知的母亲的早年生活,不过那些不足以让我了解她到底爱不爱亨利。毕竟亨利不是马塔夫先生。

他们有没有身体上的接触?

我对于他们的性生活感到不安。我不喜欢想象他们任何一人赤身裸体的模样,可他们两个都是喜欢感官享受的人,不可能住在一起而没有任何身体上的接触。虽然没人告诉我,但我知道他们一定有肉体接触。

不过是如何接触的呢?

他们对感官享受的追求表现在不同的方面。至少表面上看，母亲不像亨利那么"有教养"。我想她并不需要从十三世纪波斯手稿、烛光或珀赛尔①的歌剧《狄朵与埃涅阿斯》中汲取灵感。

另一方面，亨利……

决定投奔亨利时，母亲正走投无路。当时我们正在去蒙特利尔的途中，和马塔夫先生一起生活。所以长途跋涉前往渥太华绝非事先计划。

然而，母亲带着权威步入亨利家，清楚他家的格局，知道到哪里找他，自信亨利会搁下手边的事听她诉说。母亲显然肯定亨利会毫无异议地收留我们。否则我无法想象她为什么这么做。

这些是了解一个人的关键。

或许在许久以前，亨利曾经说过："卡达，日后有什么麻烦，可以来找我。"他一定用真诚打动了她，让她相信亨利所说的"来找我"的确有帮忙之意。

在那遥远的过去，他俩一定交换过某样重要的东西（信心、信任、温暖的言语……），而二十九岁的卡达琳娜在曼诺提克被抛弃后，记起他俩曾有过的亲密，决定前往文先生

---

① 珀赛尔（Purcell，1659－1695），巴洛克早期英国作曲家。

的家。

（我提及信心、温暖的言语等等，是加入了个人的判断。会不会他们认识没多久，亨利便爱上了母亲，宁愿献出自己的一切以赢得母亲的欢心？母亲知道她所处的优势，也意识到自己可以让亨利信守承诺，便借机熟悉他的家，临行还带走一个有力的武器：他的迷恋。

母亲面临困境时，便运用起这个武器。

这是以比较阴暗的角度诠释卡达琳娜的心态，但如果我给你留下了母亲真会做出这种算计的印象，那么是我让你误会，而我也该在括号结束前删掉这段插入的文字了。

事实上，首先，亨利并不是瞎子。除非真有可能，否则母亲是无法说服亨利相信她确有可能爱上他的。

再者，母亲痛恨懦弱，无论是她自己，是我，还是亨利的懦弱。因此如果一个男人有下列弱点，母亲是无法容忍的：

- 不能区分感情和操纵
- 容许自己被明显利用

还有最后一点，虽然母亲确实喜欢操纵人，但她是个有天赋且难以捉摸的操纵者，一个乐在其中的艺术家。如果亨利是个懦弱的人，操纵他又需要什么天赋呢？

这些日子,每当我回想起母亲的一生,回想起我所知道的片段,我总会将母亲想象为一个很早便学会在充满敌意的环境——佩特罗利亚——中寻求自保的女人。她将自己拆散为碎片,这样才能更好地隐藏本质。她对自己的母亲是一副面孔,对朋友是一副面孔,对陌生人又是一副面孔。她对亨利来说是浪漫的理想,对我来说只是一个复杂事物的集合。

除了意外怀孕——虽然我并不排除自己是爱情的结晶的可能——她闯荡世间,很少失去自持,虽然她有时候极度希望能失控一次,比如坠入爱河。

所有这些都使得单纯哄骗亨利的可能性微乎其微。那样无法满足母亲的需要。从一开始,他们俩之间必定存有某种感情。

证明完毕。闭括号。)

当然,母亲的年龄或许也是她决定留在亨利身边的因素。我如今也过了二十九岁,可以理解在她那个年纪,未来发生改变的可能性不大。生活在一个爱自己的男人的家中,也许是她寻求改变的方式。

她的确选择了一个有趣的环境。

亨利的家,亨利本人,以及亨利的行为……样样都非比寻常。

一个二十世纪的男人，尤其是一个特立尼达人，为什么会选择居住在一座维多利亚式的住宅，拥有一间绅士的实验室与一堆古老的书籍，而且他彬彬有礼的态度，就算放在几个世纪之前也显得"古板"。

我有时候认为亨利有问题，是个怪胎。我觉得他可笑或古怪，皆视我与他的距离而定：时间上的、身体上的或心理上的距离。然而最近，我在他身上看到了另一个版本的外婆。

当然，他们个性迥异，不过外婆对兰普曼和狄更斯狂热的迷恋，以及对任何可能同特立尼达联系起来的事物都反对的态度……这些都在亨利身上有所呼应。

亨利一九二七年出生于西班牙港[①]。他年纪很小时就失去双亲，随后便像一张椅子似的在亲戚间传来传去，直到一九三四年被送往一个"表亲的表亲的表亲"处共同生活。那个亲戚刚搬到加拿大，实际上正需要一个便宜的帮手去照顾他在桑迪丘的一家街角商店。

亨利的那位远亲——名叫莫里斯·文的白发"食人魔"——非常失望地发现承诺送来的干练年轻人竟然是个骨瘦如柴的七岁小男孩。但他照样差遣亨利去工作：打扫、算账，将商品上架、下架。

阅读是亨利唯一获准的消遣，因为这可以使他成为一个

---

① 特立尼达和多巴哥共和国的首都。

更可靠的收账员。就这样，亨利成了一个书痴，看遍了文先生店里所卖的书、从图书馆借来的书、从附近垃圾筒中捡来的书，以及被大学生丢弃的书。

亨利的童年远非恬静闲适。他没有朋友，没有时间交朋友，除了可怕的莫里斯外，也没有同伴。亨利很少挨打，衣食不缺，而且后来出于对莫里斯的尊重，也愿意改姓，不过……

莫里斯去世后，亨利继承了位于邓普顿街和罗素街交会处的商店，他很快将店卖掉，另起炉灶。

这短短几行字便已道尽我所知的亨利的早年生活了。我甚至不记得他的真名是什么。在认识他的那些年里，我年纪不够小，无法以床边故事的方式得知更多有关他的事；而另一方面，我也没有成熟到对他的生活高度感兴趣。

你或许会以为亨利会将特立尼达视为早年快乐的源泉，但我猜想那座岛屿的一切都只带来关于抛弃的痛苦回忆。他的新家加拿大必定也是模糊而缺乏人情味的，主要是因为他熟悉的只是桑迪丘一家小店的内部，没什么值得回味和留恋的。在我看来，正因为如此，他才会在自己喜爱的书本中付出这么多时间和精力。

亨利感兴趣的事——从炼金术到库普兰[①]——可谓差异

[①] 库普兰（Couperin），巴洛克时期法国音乐世家，最有名的是路易·库普兰和弗朗索瓦·库普兰。

显著，而且他对它们全都抱有近乎神秘的热爱。但那些事几乎没有揭示出他的出身，因此我认为那些事是他用以掩饰出身的屏障；不是为了别人，而是为了他自己。

我第一次见到亨利，他正和一群我误以为是女人的男人在一起。我提及过他们可能是男人，而如果我们说的是其他人而不是亨利，对异装癖的喜欢可能会被视为一种怪癖。但是亨利本人并不觉得自己在一群男扮女装的人中间有什么不寻常。

这并不是说他天真，也并不是说他认为异装癖已经普及或被广泛接受。（毕竟他住在渥太华，这座城市的表面拒绝它内在的深度。）如果有人像我后来那样，费心去问他为什么选择如此奇特的同伴，他会给出一样的回答：在男人的陪伴下能想到女人是件好事。*

亨利并不是一个浮躁不安或遮遮掩掩的人。他安于自己古怪的世界。尽管亨利和母亲都有甜美的声音，但他的声音就是他存在的质地。

所以亨利和卡达琳娜……

---

* 你知道，是亨利自己告诉我来访的许多女人都是男人的。我不经意地提及他们浓烈的香水时，他告诉我的。我想知道他是否在开玩笑。我总是不太理解他的幽默感。

在和亨利相处的头几个月中,卡达琳娜有时会说这个男人让人筋疲力尽。她让我相信我们只是暂时住在文先生这里,直到她找到工作或者我们买得起自己的房子的时候。但就像母亲经常表现的那样,她总是心口不一。

首先,她没有立即着手找工作。当然,她装出一副找工作的样子,很早起床,买份《市民报》,早餐后便拿着报纸安顿下来。在最初几个月,母亲的职业似乎就是阅读报纸。她并不打算替西装笔挺的男士煮咖啡,也不愿意整天接电话。

鉴于当时的年代和她缺乏正式教育的背景,我惊讶于她坚信可以找到更好的工作。除了服务员或接线员,女人还能找到什么工作?再者,她二十九岁,进入职场有点太老,而那些守在门口迎接某某先生的客户或某某医生的病人的工作,她又不感兴趣。

(当然,母亲就是这样一个女人,我一点儿也不惊讶她最终找到了一个不完全算是秘书的工作,尽管她缺乏正式训练,但她的天分和热情得到了有条不紊的回报:加拿大税务局。)

早些时候,在她找到工作前,亨利会陪她在客厅读报。他会带来一个有白色把手的银质托盘,托盘上放着一个矮胖的佛罗里达蓝茶壶和两只白色的茶杯。虽然她很少饮茶,但他会在茶淡时(鲜橙色)帮她斟一杯,然后等到茶色变深,再替自己斟一杯。

母亲通常坐在沙发上，两腿蜷在臀部下。亨利则站在壁炉旁，毫无疑问在思考这个或那个想法在他的百科全书中的位置。他可以站上好几个钟头，一动不动地沉思，或者需要读点什么时，便摊开一本书，悠闲地翻阅书页。

他们两人在一起就是那样，沉默不语……这场景既令人欣慰又令人不安。

那年冬天，我出门时会经过客厅。

"再见！"我会说，"我去上学了。"

他们也都会微笑着看向我。

在我还没有意会到其间的神秘之前，这一幕所蕴含的小小神秘就感染了我。放在沙发旁的桌上的茶壶是多么的蓝，我的父母是多么的安静。是的，还有：

1. 亨利到底是靠什么谋生的？

    （他有那么多时间陪伴卡达琳娜。）

2. 他们之间的沉默究竟是什么意思？

    （那不是一般的沉默，也不是无话可说，而是一种特殊的沉默。这个房间里这些人的安静，每天早晨都是如此吗？）

那些感性的细节，茶壶，冒着热气的白色茶杯，在我的脑海中萦绕不去。我不知道年轻时候的托马斯为什么会受到它们如此强烈的影响。我现在还记得那只茶壶，但是它并没给我带来年轻时所带给我的那种安慰。如今，它只是一段关于安慰的记忆。

至于亨利的生计，从某种程度上说，的确是神秘的，但实际却更为平庸。他买卖股票，投机市场。他是个极有天分的投机者，能在相对短的工作时间内赚得一笔相当可观的收入，所以"神秘"一词并不能贴切地形容他的职业。

最后，关于沉默……也许我太小题大做了。我现在不那么敏感了，但对年轻的我来说，内心的平静取决于客厅里弥漫的寂静的质地。在那段日子里，我想我可以分辨出沉默和安静，安静和无言，无言和静默。

这其中的差别取决于我所感应到的在我进入现场之前发生过什么。

无言是一种不需要言语的交谈，是一种存在于翻阅报纸或杯底碰触茶碟的声音中的语言。在最初的几个月中，亨利和母亲处于无言的阶段，或者更确切地说，因为亨利的亲密比母亲的更近一步，所以他处于沉默，她则处于无言。

沉默不是没有言语、没有声音，而是一种翻阅报纸的哗啦声已经无关紧要的状态。那也不是静止。运动并不重要。

端起茶壶、翻动书页、忍住呵欠……所有这些在沉默中都没有意义,尽管它们在无言中有意义,在安静中也有意义。

过了一段时间后,亨利陷入安静,母亲则进入沉默。

安静产生于言语的可能性中,那些言语出现在沉默前后。那是一种想要说话或不吐不快的愿望,充满了期待,期待某个动作或身体的姿态可能存在含义。我的意思是,安静是一种期盼或等待,(一方面)无言地期盼或等待言语;(另一方面)在言语后,无言地聆听或倾听。

如今,我可以接受安静。那完全属于亲密的范畴,是种好迹象。并且,在我们抵达渥太华六七个月后,当亨利和母亲同处于安静的状态时,我开始感受到一种静默的感觉,一种令我同时感到希望和恐惧的状态。

我感到很尴尬,因为现在那些对我已没什么意义,但在我曾经的想象中,静默就像在一起时无须言语或沉默、动作或静止。这种静是所有的静趋向的状态。

你会认为撞到他们处于这种亲密的状态令我兴奋不已;一部分的我确实感到激动。有几次出门前我发现他们正处于静默的状态,这几乎足以让我感受到家的气息,也有安定下来的感觉。

然而,正是这种和谐让我感到焦虑。

母亲当年处境艰难，再加上我的焦虑对她形成的压力，她能对亨利产生一丁点感情都似乎是个奇迹。

然而，就在一九六八年夏天，我们于曼诺提克被弃十四个月后，我相信他们相爱了，尽管有我，有威廉姆斯太太和他们的差异存在，他们还是坠入了爱河。

我一直严密地监视他们，疯狂地试图解读他们的言行，可是到头来，我找错了地方。当我意识到他们之间的情感已然升温时，我十分惊讶，仿佛他俩是刚结识不久的陌生人。

那是一个星期日的早晨，我们正在餐厅里。

那个早晨本身就不同寻常。我和威廉姆斯太太去了银行街的面包店买凯撒面包卷。威廉姆斯太太在时的每个星期日，我们都吃布约尔①沙拉。但这一天，我帮她准备了这道菜。

厨房内弥漫着腌鳕鱼的臭味。我们将皮革般坚硬的腌鳕鱼块扔进沸水中，煮上一阵捞出来，洗净锅内的浮渣，然后再煮。

等候鳕鱼煮好的同时，我负责将洋葱、番茄和青椒切成小块。威廉姆斯太太煮熟两个鸡蛋，然后，当所有东西都煮好后，她将鳕鱼沥干，挑掉刺，再将鱼肉倒入一个黄色的深碗中。

趁鱼肉还热的时候，她倒入橄榄油，而我将碗中的所有

---

① Buljol，特立尼达的一种沙拉，由切碎的鳕鱼、番茄、辣椒制成。

东西（洋葱、番茄、青椒）搅拌在一起，我的双手因此而变得黏嗒嗒、香喷喷的。

我忙得很开心，感觉和威廉姆斯太太很亲近。我们趁热将凯撒面包卷从烤箱中取出，一一排放在浅柳条篮中。待万事俱备，她将鸡蛋切片，小心翼翼地摆放在布约尔沙拉上。

我为自己感到骄傲。

"好香！"当我们将鱼和面包端入餐厅时，母亲说。

"我们家有个小天才。"亨利说。

母亲笑了。

我们？

就是那一刻。亨利用了"我们"，而他以前只用我、你、汤姆、托马斯、卡达、卡达琳娜。

在餐桌上，他们两人没有什么亲密的表现。亨利像往常一样细嚼慢咽地将食物送进嘴边，时间拿捏得正好。母亲也像以往一样进餐，动作精准：叉子准备好，一手放在膝上，伸出叉子，叉住食物，送入口中，重复。

但有些事情已经改变了。

"谢谢你，威廉姆斯太太。"母亲吃完饭后说。

"不客气，麦克米兰小姐。"

亨利的"我们"到底有什么含义？难道我们三人要成为一家人吗？既然有这个可能，我对家庭又有什么感觉？想想在库珀街过一种温暖的生活是一回事，但我对亨利·文的真实看法又如何呢？就这件事而言，我对母亲的真正看法又是什么？

除了我应该感觉到的以外，我还有什么感受呢？

就在那一刻，当我在桌前懒散地进餐，将凯撒面包掰碎放入鳕鱼中的时候，我感到了类似屈辱的感觉。我曾经渴望……到底渴望什么？

也许亨利的"我们"根本毫无意义……一时口误……一厢情愿……虚张声势……只要母亲和亨利处于暧昧状态，我就可以在没有家庭的同时生活在对家庭——一个我知之甚少的东西——的希望中。

他们的关系没有暧昧太久。

接下来的日子里，母亲和亨利不再安静，不再沉默，不再静默；那些全都没有了。他们以一种新的方式沟通。他们对话的借口——天气、灰尘、太阳等等，都成了"我们的天气""我们的灰尘""我们的太阳""我们的等等"这样的借口。

是的，当然。地球上的每一个粒子对爱来说都意义重大。现在我可以满怀敬意地这样说，但在那个时候，听到他们亲密地谈论一些无关紧要的事令人不安。我不知道哪个最让我难过，是他们对彼此逐渐深入的情感还是他们说话的新方式，或是我错过了他们开始相恋的那一刻？

（我在描述的是我年轻时的想法。据我所知，母亲除了亨利之外从没爱过任何人，或者她对亨利是一见钟情，因此从我们踏入库珀街七十七号起，就已经坠入了爱河。）

他们甚至连看起来也不同了。我一向认为亨利帅气，现在的他似乎变得更英俊，更宁静，一点儿也没有荒谬的感觉。母亲面貌姣好，棕色的眼睛更大了，眉毛也更浓了……当她不在威廉姆斯太太身边时，她身上的一切都显得更温柔、更和善。她甚至穿起了长裙，尤其有一条样式简单、长及膝盖的涡纹连衣裙，让她看起来，嗯，特别女性化。

不错，我对母亲当然有些类似恋母情结的感情，但从来没有像渴望你那样渴望她。她的连衣裙让我坠入一个充满恐惧而非欲望的世界；一个宗教的而非性的深渊，愿上帝保佑我。我的意思是，母亲可能会变得更性感比她是个性感的人更令我沮丧。细微的差别。

事实上，我怀疑他们的外貌是否真的改变了，还是仅仅是我自己的感觉。现在，这个问题已无法得到回答，不过，当时，他们爱情的另一个见证人威廉姆斯太太也表达了和我一样的焦虑。

"麦克米兰小姐会嫁给文先生吗？"她有一天问我。

我们当时都在厨房里，威廉姆斯太太在做面包，我在翻阅一本叫《黛拉·弗朗西斯卡或爱的欢宴》的书。我是被书名吸引的；然而，在知道那本书的这么多年里，我只欣赏过插画，内文对亨利以外的任何人来说都太艰涩了。

（亨利的藏书中，并非每一本关于爱的本质的书都那么晦涩难懂。在他去世后，我在他卧室窗户下方一个布满灰尘的白色书柜中发现了一堆异国情调的书籍，从艾哈迈德·艾尔-蒂法希的《心灵的美德》到无名氏的《哲人特蕾莎》都有。）

"你说呢？"威廉姆斯太太问。

"我猜会吧。"我回答。

我将《爱的欢宴》推向威廉姆斯太太，指着其中一页插画。

"你看这个。"我说。

她也许觉得问我有关母亲的事有些逾越了。她从我手中接过书，手指紧贴在书页上。她用手腕托着将书举到面前，俯身看页面，然后把书推开。

"非常漂亮。"她说。

四五个月后，当我指责威廉姆斯太太偷母亲的鞋子时，她说：

"那不是真的。"

但亨利回答道：

"我很抱歉，希尔达……我恐怕你得离开这里。"

亨利还能说什么？

在罗曼蒂克的世界中,母亲有没有撒谎并不重要。唯一重要的是,她是亨利所爱的人,她作为爱之化身的存在,也是真相。

在那个世界中,有没有见到威廉姆斯太太偷窃也不重要。我可以指责威廉姆斯太太任何罪名,比如女巫,甚至在国会大厦纵火。只要母亲朝下竖起拇指,威廉姆斯太太就完了。

威廉姆斯太太也没有任何转圜的余地。如果她说:

"不错,是我拿了麦克米兰小姐的鞋子。"

那就更没什么话好说了。威廉姆斯太太无法倚赖任何法庭替自己伸张正义。只有母亲可以替她说话,而母亲想要她离开。

"谢谢你,亨利。"当威廉姆斯太太被解雇后,母亲说。

而亨利回答:

"不客气,卡达。"

仿佛他真有可能逾越他们亲密世界的法律似的。

而这个"亲密世界"置我于何地?

它让我无处可去。

不是马上,但就在威廉姆斯太太离开后不久,我便开始领悟,我所寄望的亨利和卡达琳娜之间的亲密关系其实与我毫无关系。在他们由太阳和卫星组成的小宇宙中,我觉得自己无足轻重。他们两个不需要我,他们的幸福不倚赖我,并不像我的幸福倚赖他们一样。

当然，那样想是错误的。他们对我的爱无处不在。在他们对我说话的方式中，在亨利用手臂揽住我肩膀时的样子中，在母亲在我上学前轻拍我的头发的举动中。他们爱地球上的每一个粒子，怎么可能不爱我呢？尽管如此，我仍将他们对我的过分关怀诠释为屈尊降贵。

所以，也许是出于报复、自卫或挫败感，我开始偷窃。

偷窃是件激动人心的事。

我没有这样做的意图，没有显著的动机。我的偷窃中有种纯粹的意味，一种超出我理解能力的东西，仿佛我所做的根本不是偷窃。

它不像搜集昆虫。那时我已经开始认真地做这件事。我抓到的每一只昆虫都被我小心翼翼地放在亨利为我做的展示柜中；每一只昆虫，从瓢虫到萤火虫，都有陈列在那里的意义。

但我偷窃的东西却没有意义。它们并不能给我带来满足感。我主要偷母亲的东西，但我并没有特别想伤害她的意思。我既没有卖掉也没有使用偷来的东西。我将一切藏起来，除了从亨利那里偷来的钱。我用那些钱去买了漫画。

可能在你看来，偷窃显然是一种"报复"行为。事实也的确如此，不过十一岁的我并不完全理解自己在做什么。在那个时候，当亨利和母亲再也无法隐藏他们的感情，当威廉姆斯太太也被驱逐，偷窃似乎成了一件顺理成章的事。

我偷的第一样东西是一个零钱包。

我是趁亨利和母亲在客厅时偷的。当时他们正坐在沙发上品茶，听库普兰的乐曲，毫无疑问，在安静地聊着什么。

（那段时间里，他们聊起埃尔金公立学校、加拿大税务局、亨利的书籍和他的伟大计划；聊起房子的状况，这里需要油漆、那里需要壁纸，母亲觉得家具的样式太古老了；聊起车子，尽管亨利始终没有学会开车；聊起母亲的衣服，亨利觉得那些衣服没一件配得上她的花容月貌；聊起我的衣服，由于我长得太快，他们生怕我衣不蔽体……据我所知，都是些无意义的琐事。）

我和他们一起坐着，漫不经心地听着，然后决定上楼拿本书看。

"你不坐了吗，汤姆？"亨利问道。

"我去拿本书。"

"你要读什么书，汤姆？"

"我不知道。"我回答道。

"你不知道你要读什么书，甜心？"

（好像我真的是她的甜心似的。）

"对不起，汤姆。我不是有意要打听的。"

"把你的书拿下来，托马斯。你可以跟我们一起看。"

"呃……好吧。"

我尽可能慢吞吞地爬上楼，一点儿也不急于回到他们身边。我可能甚至将所有的栏杆立柱都数了一遍，反正我平常就喜欢这么做。（楼梯栏杆总共有三十三、三十四或三十五根；到二楼有二十二根，除非连第一根柱子都计算进去，不过我很少这么做；到三楼有十一根，除非同上计算，但我也不这么做，除非为了增加变化。）

不知什么原因，通往母亲卧室的门半开着，这是很反常的事，母亲的门平常都是锁上的。我倾听着脚步声，然后，更多是出于好奇而非有意为之，我走进了她的房间。

这不是我第一次进入母亲的房间，但这次是在晚上，天色暗了，必须开灯才能看清四周。房间整洁而宽敞。母亲的床和我的床一样大，靠墙放着，上面罩着光滑的白色床罩，黄铜床头板散发着她经常使用的抛光剂味道。房间本身弥漫着母亲的香水味和她放在床边五斗橱上的香粉味。

母亲的手提包就放在粉盒的旁边，我又一次出于好奇往里看去：口红、指甲锉、面巾纸、发夹、眼线笔……我想都是些平常的东西，但由于东西太多，显得包里有点儿乱。

在手提包的底部，有一个零钱包和一个钱夹，钱夹内有纸钞。我本能地想去拿钱，但当我听到一片寂静时，我手里已经拿了零钱包。

音乐停了。我惊慌失措。我啪的一声合上手提包,把零钱包往长裤口袋里一塞,关掉房间里的灯,掩上门,又打开,像我刚发现它时一样,留了一条缝。

我大概不到三十秒钟便撤离了房间。我吓坏了,唯恐留下什么蛛丝马迹,于是迅速回到我的房间,特意选了一本比较有分量的、令人印象深刻的书,以备他们中的某人仍要我念给他们听:亨利·塞雷斯的《爱的欢宴》,一本对我的人生产生独特影响的书,尽管我从未将它读完。

我走下楼梯,手中捧着那本大书,全然忘了,口袋里还塞着母亲的零钱包。

当我走进客厅时,母亲说:

"你动作很快。"

"我在看书。"

"那是什么书?"

"《黛拉·弗朗西斯卡或爱的欢宴》。"

"《爱的欢宴》?那很……好啊,你念给我们听吧!"

"一定要念吗?"

"请吧。"

我装出一副烦恼的样子,然后坐在地板上,盘起双腿,将书打开放在膝盖上。口袋中的零钱包滑出来一点儿,于是我一手放在书上,一手按在口袋上,以防零钱包整个滑出来。

"他母亲的脸苍白得吓人。

"'喔,我可怜的皮埃尔!你为什么没生在别处,或者生在不那么痛苦的时候呢?'

"新生儿仿佛明白自己的出生是个错误,使尽全身力气放声大哭……"

这种描述一位数学家兼画家诞生的手法很特别吧?但正是在这位画家的哭嚎声中,乔科摩·桑·贝尼代托的小说开始了……①

我一直念到那一章的结尾,却几乎一个字都没读懂。

"念得很好。"亨利说。

"我可以上床了吗?"

"现在还早。你觉得不舒服吗?"

"我累了。"

"去吧,托马斯。我待会儿就上去。"

我刚跨出客厅就后悔离开。我听不见他们在说些什么,但我想听。我想象他们在聊我的事。他们看得出来我拿了母亲的零钱包吗?将零钱包放回原处还来得及吗?

---

①原文为法语。

上楼后，我太心烦意乱，顾不得洗脸刷牙。我将零钱包藏在床垫底下，尽可能推到床的中央。

"我待会儿就上去。"母亲刚刚说过。

但我等了很久，认定他们知道了一切，绝望地试图决定是否还有时间将零钱包归还。当我听到母亲上楼的时候，我已打算坦白一切，或者更明智些，对她说：妈妈，我想这个大概是从你的手提包里滑出来的。我帮你保管着。

不料，她先开口了。

"对不起，我这么久才上来。"

她在床上挨着我坐下来。

"托马斯，"她开始说，"刚刚我和亨利谈了一下。"

我想她一定知道零钱包的事了。

"我们在想……也许你一直以来读的书都是不对的。"

"我读的书？"我问道。

"照亨利的意思，你任何书都可以看。"

这完全出乎意料。我感到宽慰、困惑又振奋。当我意识到她在说什么时，我有点儿气愤。我读的书有什么不对？难道亨利告诉了她《不庄重的珠宝》那本书吗？那本书是很特别，但毕竟那是第一本让我对拉丁文产生兴趣的书，而且……我也学到了一些东西……并且……

不，令母亲沮丧的不是狄德罗，而是亨利·塞雷斯。

"你年纪太小,还不懂自己在读什么。"

"但是……"

"你先听我说,好吗?"

我们从来没有谈论过性。母亲觉得很不自在。性不是一件坏事,不是,当然不是,但它不好直说。我很快就将遇到那些绝对正常的生理反应,但他们两人都觉得,有个人来指导我会更好,由他来引领我了解自己的排泄管道。

"我的排泄管道?"

"对,亲爱的。"

这就是亨利要帮助我了解有关生命的真相的原因。亨利已经说服母亲,克制我的好奇心是不对的。但在亨利和我交谈之前,母亲觉得我应该读一些成人读物以外的书。

尽管我为自己的偷窃行为没有曝光而感到宽慰,但我还是对他们的不公正感到愤慨。我的意思是,就我所知,《爱的欢宴》一点儿也不下流。她难道没听我读书吗?或者仅仅是书名就足以让父母提高警觉?

"但是……"

"不管它了,托马斯,我们以后再谈好了。"

于是谈话到此为止。她瞥见我放在床头柜上的《爱的欢宴》,顺手拿走,等时间合适……

亨利的任务并不简单。

要如何对一个十一岁的孩子解释人类性事的神秘呢？我已经学到了有关性交和受孕的理论，多亏了我在佩特罗利亚读过的那些杂志，我对这个过程的第一阶段已经很有概念了。

然而这不是一堂有关身体力学的课程。一旦一个人提出"阴茎"和"阴部"两个名词，并对两者的配合性加以评论，生理上的秘密便或多或少地解决了。

不，亨利要讲解的是这两项器官结合后所产生的复杂问题。

如果母亲能让我们私下处理这个问题，那么对亨利来说会更容易，对我来说也会更好。但她坚持以一个"感兴趣的观察者"的身份参与。

在我偷了她的零钱包大约一个星期后，母亲在碟子上放了一些饼干，倒了一杯牛奶，陪我来到书房。亨利已经守候在那里了。

"你坐在这儿吧？"他说，一只手放在一把扶手椅的椅背上。

他又拿了一把椅子，让母亲坐。母亲在椅子边缘坐下后，亨利便开始了。

"这个世界是一个生物性的实体，汤姆，这点你知道吧？"

"是的，我知道。"

"很好。所以你知道我们与甲虫、蟾蜍没有太多不同？"

"我想是吧。"

"好，其他的其实也没什么好说的。"

"你说其他的没有什么，是什么意思？"母亲问道。

"我的意思是，再生是关键，从某种意义上说。"

"不要用那么模糊的字眼。"

"对不起，亲爱的。你懂再生是什么意思吗，汤姆？"

"我想是吧。"

"不要用猜的，托马斯。亨利的意思是，所有的生物都要繁殖，我们也一样。"

"我知道。"我回答道。

"好，继续讲，亨利。"

"呃，汤姆，动物和我们之间主要的差别在于，虽然繁殖的行为在生理方面对双方来说都不复杂，但在心理方面，人类就复杂多了……"

"在情感方面也很复杂。"母亲补充了一句。

"对，情感上也是……"

"情感上为什么复杂呢？"母亲提示道。

"因为这种事是习俗、仪式和集体行为……"

"不是的。"母亲说。

亨利停下来思考自己哪里说偏了。

"这种事通常需要一人以上的参与者。"他继续道。

"不是的,"母亲重复道,"在情感上复杂是因为这是一个有关信任的问题。"

"是的,我知道了。"亨利应了一句,等着她继续往下说。但她这回没有说。

"这是信任的问题,汤姆,而信任很复杂。假设你是霍恩佩因的一个农夫,那儿的土地石块很多,难以种植作物。但是你的土地很肥沃,想种什么都可以:樱桃、小麦、柠檬……"

直到今天,我有时还会记起这样的亨利:俯视着我,对形势镇定自若,深信那些可以道清的神秘微不足道,那些无法说明的事才至关重要。消除神秘并非他的本性,但他可以带领我去研究它们。

"……小麦、柠檬、葡萄柚……任何想种的植物,但你需要另一个人的帮助才行。你懂吗?"

"我懂。"我回答道。

"你难道不希望有人和你一起合作吗?"

"应该希望吧。"

"这和激情有什么关系,亨利?"

"嗯,卡达,我正准备讲到那一点。在霍恩佩因,找到人帮忙开垦土地的唯一方式,就是提供给女方一半的财产。"

"为什么？"母亲问。

（即使要我的命，我也无法回答这个问题。）

"我们这么讲好了，这就是霍恩佩因那个地方的人的生活方式……"

"你可以雇人种地啊。"母亲建议。

"在霍恩佩因这里不行，卡达。在霍恩佩因这个地方，你必须明智地选择合作伙伴，不能随便将一半的土地交给任何人。切记，霍恩佩因那里的生活方式，就是必须以一半的财产吸引一个同伴，让庄稼茁壮生长……"

他们顺着亨利所挑起的议题温和地争执起来，虽然母亲欣赏亨利所采取的微妙方式，但她认定我没有领会。而且，她觉得亨利的讲法未免太商业化了。对于这项无端指责，他提醒她希腊众神的信差（赫尔墨斯）也是商业之神。这一信息让母亲宽心了一些，尽管它令我更加困惑。

当亨利回到他的寓言，详细阐释生育能力和责任时，相比信息，我对附加于其上的细节更感兴趣：母亲的态度，亨利的声音，母亲的脸，亨利的手，幽暗的光线，燕麦饼干的味道，我拿着牛奶杯的湿漉漉的手指。

许久之后，亨利问话了：

"你懂了吗？"

"喔，懂了。"我回答。

于是母亲从椅子上起身,说道:

"谢谢你,亨利。"

她伸出手,掌心朝上。亨利从身后的书架上取下《爱的欢宴》,交给她。

"拿去吧,托马斯。"母亲说。

如果他们要我证明我理解了亨利的一番话,我一定什么也答不上来。我对性的神秘更加困惑,尽管现在我知道有某些事需要理解。也许这才是重点。

或者,亨利的一番阐述对我的意义和对母亲的意义一样重要。母亲比起我似乎更能、或者看起来更能理解和欣赏它们,她颇为满意。这些理由虽不足以让一个十一岁的孩子自由阅读亨利书房所收藏的书,但其效果也不全然是坏的。性和书本的进一步联系让我成为一个更加如饥似渴的读者。

"谢谢你,妈妈。"我说。

尽管有了霍恩佩因事件,或者说,尽管他们展现出了对我的信任,我仍继续偷窃。更糟糕的是,对于偷窃行为,我已经越来越上瘾了。

在拿了母亲的安哥拉羊毛衫一段时间后,我甚至不再担心借口了。那时我已成功地偷了那么多东西,似乎不必浪费心思制造用不着的借口。他们两人没有一个表现出对我的偷窃起疑的迹象。

偷偷摸摸地走来走去，聆听他们的说话声、脚步声和楼梯吱嘎声成了一件美妙的事；当他们问起丢失的东西时，回答也成了一件美妙的事：

"没有，我没看见你的长裙。"

或者

"没有，我没看见你的领带夹。"

很少有行为能给我带来这么多的快乐。令人兴奋的是，我发现亨利和母亲很容易受骗。他们的脆弱令我欣喜。也许后来我继续偷窃，只是为了享受那短暂而美妙的片刻，观看他们无助地找寻某个丢失的物件。

然而，我并不是一个高明的小偷。

他们花了好几个月的时间才察觉我与失物之间的联系，那是因为从一开始，我便偷些对我来说毫无意义的东西。在大约五个月的时间内，我偷了：

> 零钱包、鞋子、项链、戒指、杂志、短袜、钱、毛毯、衬衫、手提袋、玫瑰水、长裙、兰花、袖扣、太阳系仪、单片眼镜、耳环、算盘、手套、安哥拉羊毛衫、身份证、指甲油、金链子、书签、墨水、领带夹、长裤、内衣、铃鼓、香粉、指甲锉、手帕、帽子。

我以最工整的字体，将我所偷窃的每一样东西记录在《金银岛》最后几页上。在每样物品的旁边，我还记录了偷窃的日期和星期。（我仍保存着这本书，现在它正摊放在我面前。我的偷窃行为多发生在星期二和星期四。）

在两次偷窃之间，我留出了足够长的时间让母亲和亨利忘记上次的损失。母亲问过她的戒指、羊毛衫、长裙、身份证，但其他的没有问。亨利似乎从没有意识到他的算盘、单片眼镜或袖扣不见了。

这种时间的安排与其说是刻意设计，不如说是怯懦之举。我并不像一个真正的窃贼，会选择恰当的偷窃时机。

最后，我选择藏匿赃物的地点也很笨拙。有几次，当我回去查看东西是否安全时，那些东西竟不翼而飞，亨利的微型太阳系仪便是一个例子。我将它藏在阁楼上的一个盒子后。过了一段时间，当我上去欣赏那些行星时，却怎么也找不到那个太阳系仪了。我将那些盒子推开翻找，还伸手进去摸索——那些盒子里装满了书，我的小手几乎伸不进去。

我惊慌起来，以为亨利已经发现了我的秘密。

然而，下一次我见到他时，也许就是我从阁楼偷偷溜下来后不久，亨利没有表现出他知道任何事的迹象。那么，难道是母亲发现了吗？也许她见到我将太阳系仪藏到阁楼上去了？可母亲也没有表现出任何迹象。

我惊慌失措，好一阵子没偷东西，但接着又偷了亨利的单片眼镜（而且还弄碎了）、母亲的假红宝石耳环、亨利的算盘、母亲的皮手套，还有她的安哥拉羊毛衫……仿佛太阳系仪的失踪纯属偶然。

在我偷窃的所有东西当中，只有太阳系仪是我真正梦寐以求的。在我的记忆中，它十分精致：一个方形玻璃中有一座太阳系的模型（没有冥王星）。八根围成同心椭圆的金属丝绕着太阳像水波一样转动，每个椭圆上镶有一颗玻璃珠。行星是彩色大理石珠子；太阳则是浅黄色的半透明的珠子。

驱动行星运转的机械装置连着一个鼠耳形状的黄铜发条转钮，那是我如今唯一还保存着的太阳系仪的部件。

我几乎可以确定，亨利从阁楼上找回了他的太阳系仪。除了他以外，没人在意那个东西。不过，由于我从一九六九年以后就没见过那个太阳系仪，我怀疑它是被他后来雇的某个管家偷走的。如果真是如此，我很庆幸我保留了那个转钮。它的嵌孔是七角形的，很难找到东西替代，而那个太阳系仪的主要乐趣之一，便是行星沿轨道旋转时播放的音乐。

正是由于粗心，我的这段童年插曲才画下了句点。

当然，我的行为迟早会曝光，但我鬼鬼祟祟的行为、记录赃物的书本，甚至偷窃的一大堆东西……没有一样是我败露的原因。

那时我已经开始对整个偷窃的事漫不经心。我会走进任何敞开的房门，拿走任何吸引我注意的东西，不再留意脚步声、楼梯的吱嘎声或细小的谈话声。

在偷取母亲的帽子时，我对自己的行为已经开始感到厌烦，尽管如此，我还是没法阻止自己。在拿了三十几样东西后，我似乎可以永无止境地偷窃下去，而回报却越来越少。

但是……

一天晚上，我开始整理我床垫下母亲的衣物。我突然想到，我所窃取的她的东西已经足以拼出一个她的翻版了：先是长裙，上面是羊毛衫；手的部位有手套，其中一只上面有手提包；毛衣上面有项链，项链上方是帽子，耳朵部位则是耳环。

尽管床垫很重，我还是将床垫搭在肩膀上，尽量将每样东西平整地排放在弹簧垫上：长裙、羊毛衫、手套、帽子。这个游戏太有趣了，我玩得忘记了时间。那件羊毛衫极难摊平，让两条袖子完全伸直。

我正顶着床垫站在那里，突然听见有人上楼来了。我连忙丢下床垫,用屁股推回原位,然后钻入被子。

"该睡觉了,托马斯。"

是母亲。

"好。"我应道。

她笑着在我身旁坐了下来。

"你今天还好吗?"

"还好。"

"告诉我你今天做了些什么事。"她说。

我想不出说什么。我的心脏狂跳,头脑处于警觉状态,正编造着那些衣服出现在我的床垫底下的理由。

"我们还要继续住在亨利这里吗?"

同一个问题我已经问了好几个月了。

"再住一阵子。"她回答。

"你今天做了什么?"我问。

她正看着地板。我摇了摇她的手臂。

"你今天做了什么?"

"这是什么?"

母亲俯身拉扯羊毛衫的衣袖。

"这件衣服怎么会在这儿?"

她听起来很高兴找到了它。

"喔。"我说,浑身发冷。

她站起来。

"我只是借一下。"

当她扯出羊毛衫时,她的长裙的袖子和手提包的提带也跟着扯了出来。

"起来,托马斯。"

"干什么?"

"请你下床来。这是怎么回事?"

现在她不再开心。她将所有东西从我的床垫下拉出来时,感到很困惑。她的儿子将她衣柜里各式各样的东西藏在自己的房间里,她当时是什么心情?

我突然意识到了自己的行为的奇怪之处。我没有偷东西的特殊动机。据我所知,也没有什么计划和意图。然而我觉得羞愧不已,意识到一种难以名状、却不全然陌生的感受。

我不确定她是否明白,我的罪只是偷窃。

"这些全是你拿的吗?"

"对。"我回答。

"为什么?"

通常碰到这种情况,我只会尴尬得不敢面对她,但在我灵光一现,或者说鬼迷心窍的一瞬间,我竟抬起头,以一种连讲实话时都从未有过的真诚说道:

"是亨利要我拿的。"

"亨利？亨利要你拿我的衣服干什么？"

我再度真诚地回答她：

"他想要你再买其他的……他从来不喜欢你的衣服。"

"胡说八道。"

而现在，我泪水盈眶。

"对不起，妈妈……我知道我不该拿的……"

我不认为母亲相信我，但是亨利企图操纵她的想法必定多少在她心里引起了回响。此外，考虑到她所发现的赃物（鞋子、项链、长裙等等），我的谎言反而让她松了一口气。我的意思是，如果除去没有动机的偷窃和性变态，我的行为实在很难找到合理的解释。

"他为什么不自己对我说呢？"

"我知道我不该拿的。"我重复道。

我低下头，忏悔着。

"我们明天再谈这件事。"她说。

她并没有匆匆离去，而是心不在焉地离开了房间：门开着，灯也亮着。我伫立良久，等她回来，不知道该不该自己将门关上。

现在，像这样的故事有多大可能蒙混过关？

我不是想减轻自己的罪恶感，但据我所知，亨利再怎么样都不可能做出我所指控的罪行。他只要说："我认为一般的布料都配不上你，卡达，但如果我想将你的衣服扔掉，我会自己动手的。"那么我的谎言就被揭穿了。

所以当第二天晚上母亲叫我去客厅时，我做好了最坏打算。

沙发上摊着母亲从我的床垫下找出来的东西。她站在壁炉旁，我站在沙发旁。过了一阵子，亨利才进来，拿来一个托盘，上面放着杯子、牛奶、饼干和一壶茶。他微笑着将茶点递给我，但我却痛苦得不敢直视他。

"你要来点儿什么，卡达？"

"不要，谢谢你。"她回答。

"呃，"亨利问道，"这是什么情况？"

（她竟没告诉亨利？）

"我发现托马斯将这些东西藏在他的房间里。"母亲开口说。

"是吗？"

"托马斯说是你要他拿这些东西的。"

他停顿了一下，接着说：

"是我要他拿的？"

"对，是你吗？"

我像老鼠一样，站在沙发旁边，度过童年岁月最为煎熬的时刻，也是我童年最后的时刻。亨利说：

"是汤姆告诉你的?"

"对。"

"那我承认。"他柔声地说,"是我。"

我不敢置信地抬眼看着亨利。他俯视着我,脸上没有笑容,但也没有恶意。我想他一定是误解了这个问题。

"你要我儿子偷偷到我的房间拿我的衣服?你怎么可以这样?"

"对不起。"亨利回答。

"为什么不告诉我你讨厌我的衣服?"

又是一阵停顿,接着他说:

"汤姆告诉你我讨厌你的衣服?"

"当然。"

"我很抱歉,卡达。"

母亲一动不动地站着,沉默了好一阵才回答:

"汤姆,你这样做是错的。你走吧。"

那是我本可能承认撒谎的最后机会。亨利站在壁炉的另一头,双手背在身后,优雅,平静。

保持沉默令我痛苦,但既然现在已经到了痛苦的地步,我要他们也和我一样受苦。我慢慢走出客厅,缓步爬上楼梯,企图捕捉这场尴尬局面的细节,但是只有一片寂静。

如今回想起来，我想象不出还有什么比这更令人不快的局面了，那是多种因素交织在一起的结果。

尽管母亲显然爱着亨利，但她不能忍受被人操纵的念头。当我说亨利企图玩弄她时，她也许并不相信，但他的坦白却足以在任何不能容忍的地方注入怀疑。

加上：十二岁的我。

还有：亨利。

我仍然不知道亨利究竟是什么样的人。他要么荒谬可笑，要么可敬可佩，视情况而定。有时我认为他是顾虑到我才会帮忙圆谎，希望我不至陷入难堪。那正是亨利的为人。

也可能他认为如果揭穿我，必然会伤害到母亲。卡达如果知道自己的儿子才十二岁就是个小偷和骗子，一定会觉得痛苦。他本想免除她的那种痛苦，所以才选择将伤害揽在自己身上。这也是亨利的为人。

不管是哪一样，是荒谬的亨利还是可敬的亨利，他从没利用这一刻对付过我，他的仁慈从未动摇。这一点上，他或许是无心的残忍，因为我花了很多年才原谅自己。

我的意思是，直到现在我才看清自己的行为，我很抱歉。虽然这件事并没有结束亨利和卡达琳娜的同居关系，但它是结束的开端。

12

过去几个月中,我的生活似乎变得既简单又复杂。表面上看,我的生活是简单的:

七点: 醒来,梳洗,吃饭。
九点: 写作,其间为亚历山大中断一会儿。
十一点: 同上(写作,写作)。
下午一点: 写信给《市民报》。
下午三点: 散步,走路,想你。
下午五点: 如果我去了图书馆便在此时回来,脑袋里装满了文字。
晚上七点: 和往常一样(看书,洗漱),然后考虑是否该给你打电话。
晚上九点: 喂亚历山大。喂我自己——如果可能的话。
晚上十一点到早上七点:睡觉。

至于复杂之处,在于写作使我更接近死者,而不是生者。写作有时也让我更接近自己,但我自己并不总是处于我最喜欢的地方……

母亲过世已经一年,不多时亨利也过世了。我想,这种间歇性的回忆也快告一段落了。

我毁掉了自己童年的后半部分。

十二岁时,我离开了亨利和卡达琳娜的那个与世隔绝的世界。

他们的关系经受住了我的偷窃和谎言,之后仍持续了几个月,但我对他们的感情却结束了。我以为我了解他们的弱点,像一个十二岁的孩子才会有的那样记仇,开始认为他们不值得尊重。

或许是自我防卫让我与他们保持距离,也和任何可能出现在他们周遭的家人保持距离。又或许是自我惩罚、不知悔改或心肠冷酷的缘故。不管是什么原因,我都不再感兴趣了。

那并不是我突然发现自己自由了,你明白的,十二岁的我甚至不明白自由是什么。完全不是。我还是离不开"归属感"。但是我发现了"另一个地方",比他们的"那里"更舒适。

渥太华,这座城市本身

母亲和亨利都不适合渥太华。

母亲在渥太华生活了近二十年,却始终没有归属感。她到处搬家,一会儿住在这里,一会儿住在那里,企图寻找一个让自己有稳定感的地方。但是,尽管她在奥斯古德街和汉德森街的街角买了一栋房子，她还是在一九九〇年搬回了佩特罗利亚。

亨利的生活和环境我已经描述过。虽然他有归属感，但你不能说他对渥太华有归属感，那并不尽然。他的归属感来自另一个时空，在那个时空里，兰普曼和斯科特也许会在一起喝茶。但在我眼中的城市里，他们只是鬼魂而已。

对我而言，渥太华高耸、忙碌，有灰、绿、蓝、棕各种色调。一旦我适应了它的规模，它便显得如此生机盎然，以至于我讶异于曾经它竟对我毫无意义。从那以后，渥太华便成了我的全部：我的海洋，我的沙漠，我的平原。

我纵身投入城市的怀抱。虽然城市的功能不是陪伴人的，但渥太华是当时我所亟须的休憩之所。此外，我很少独自出门。我的同伴，或者说我记得的人，有弗朗索瓦·加涅和露西·勒菲弗尔（他们虽然住在附近，但去加诺上学），还有安德鲁·哈勒（他住在库珀街和梅卡非街交会处，就读于埃尔金公立学校）。

你可以想象得出，我没有让人快乐的本事，也不会交朋友，但是露西和弗朗索瓦都有令人无法抗拒的一面，而安德鲁和我一样都对昆虫感兴趣。我记得我们在一起的时光很愉快，但很大程度上，我没法告诉你我们做了什么。

和露西与弗朗索瓦在一起时，我第一次发现了"真正"

的渥太华。在那以前，渥太华只是"托马斯版"的渥太华而已。

在亨利受诬陷事件几个月后，我和露西沿着运河来到丽都街。

天气暖和。运河的水是天蓝色的。我们一起走着，谈东谈西，突然间我意识到我们周围全是人，所有人都沿着步道散步。我很高兴能跟这么多人在一起。我们走到河边，然后爬上阶梯，沿着丽都街一直走到市场。

市场内人潮汹涌，我们仿佛随波逐流。那个地方充斥着鱼、干酪、苹果、黄瓜、番茄和青椒的味道；靠近鸡笼，还有鸡屎的味道。

就在这一天，我见到一个人从木板做的鸡笼里抓出一只鸡，一旋手腕，用一种优雅的动作扭断了鸡脖子。真为那只鸡感到难过，但是杀它的手法是如此巧妙，因此它的牺牲是必要的。

也是在这一天，我见到一条德国牧羊犬向一只从店铺后面蹿出的老鼠扑去。狗嘴里咬着老鼠，用力摇晃着脑袋。我拿起一根棍子将那条狗赶走了，但当我回来查看那只老鼠是否还活着时，那可怜的东西竟咬了我一下，迅速逃走，躲到了一个木托盘底下。

我很担心那只老鼠，直到露西开始哭泣，我才注意到我的手在流血。在接下来的几个星期，我忧心忡忡，唯恐自己会得狂犬病。我没有向亨利或母亲吐露一个字。相反，我认为狂犬病的第一个征兆是恐水症，因此我避免喝水，只喝牛奶和苹果汁。

像这样的时刻引发了我对城市的向往，我知道这很古怪，但那一天是一场冒险，这座城市也在我的记忆中栩栩如生：蓝色、绿色和灰色。

我与渥太华的第二次接触甚至更加无趣。

一个夏日，我和弗朗索瓦走到离家很远的地方。至少对我们来说算是很远的。我们沿着埃尔金街走到劳雷尔街，越过劳雷尔桥，经过跨越了好几个街区、建筑神秘又诱人的大学，一直到斯特拉斯科纳街。

我们一路争辩哪个比较好：面具黄瓜还是巴格达怪杰，丁丁还是乔尼·奎斯特[①]。其实我对这些人物都没什么兴趣。我更喜欢《蜘蛛侠》，不过弗朗索瓦从来没看过。事实上，那天我随身带了一本《蜘蛛侠》，卷得紧紧的，手心的汗水将封面的油墨都弄花了。

弗朗索瓦的英文不够好，看不懂英文漫画，因此我决定念给他听。他居然不认识约拿·詹姆逊和彼得·帕克，这真叫我生气。他不知道托尼·史塔克或里德·理查兹也让我烦恼，

[①] 面具黄瓜、巴格达怪杰、丁丁均为法国漫画中的主人公，乔尼·奎斯特为美国漫画中的主人公。

不过我没法一次便将所有东西都介绍给他。

我和弗朗索瓦在公园里游荡，从一头走到另一头，被球赛的嘈杂声吸引，小心翼翼地跟在一对青少年男女后面。他们手牵着手，每走一百码就停下来拥抱一次。

我们一定是用了好几个小时打发时间和观看河流，以至于最终在急流边坐下时，已是傍晚时分。

我打开《蜘蛛侠》，将它放在大腿上抚平。然后，我欣赏了一会儿画面，接着翻译了每一个对话泡泡。

弗朗索瓦听得入迷了。

"章鱼博士是谁？"[①]

"是个坏人……"

"喔！小心他的章鱼爪！"

我给他念了两次，直到太阳西沉，街灯亮起，到了回家的时间。

"求求你，托马斯，借我看。"在回家的路上，弗朗索瓦恳求我。

"你又不懂英文……"

"求求你。"

我将漫画递给他，知道我再也见不到这本漫画了。渐渐变弱的阳光，从桥上望过去国会大厦的样子，以及街灯柔和

[①]托马斯和弗朗索瓦的对话原文为法语。

的光晕，正是这些事物让我心中滋生出善意。

"好，拿去吧。"

与露西到市场和与弗朗索瓦到斯特拉斯科纳街的这两次出游，就像在黑暗中良久后，又身处于世界中的时刻。我的意思是，我虽身处所在之地，却并没有意识到那是我。换句话说，我意识到，家就是短暂地幸福地处于一种并未刻意意识到自我的自然状态。

所有这一切，这投向渥太华的过程，是很难描述的，因为我不是有意投入渥太华的怀抱，或者至少，我那时不会承认我的心思已转向渥太华，就像我也不会承认我远离了亨利的家一样。然而，我确实转变了。

我该怎么说呢？人们不会说天芥菜了解阳光，但它向光移动。我也是同样的情形。

那么，渥太华是我的光吗？

是，也不是。

起先，那是一片荒野，然后成为我的荒野，最后完全不再是荒野了。我逐渐熟悉它，从埃尔金街、库珀街开始，像波浪般向外延伸。

那种发现之举是我的光。尽管渥太华是主要的光源，透过渥太华，或偕同渥太华，或身处渥太华，我才发现自己远离了母亲与亨利,直到脱离了他们。

你懂我的意思吗?

如今十年过去了,外面的世界对我来说比母亲、父亲和家庭更重要。我努力让自己和童年保持距离。

我并没有成功。

和亨利共度的岁月

我经常纳闷,为什么亨利对母亲的感情不足以让他们在一起。

亨利承认怂恿我行窃,实在是轻率之举,但一段稳固的关系不太可能为这样一个小障碍而动摇。即使他确实怂恿我偷母亲的衣服,如果母亲真爱亨利的话,也应该原谅他的。而我有理由相信她确实是爱亨利的。

(我一直认为,同居是爱情的必要补充,是一种情感的表达。由于早年大部分时间我没有一个属于自己的真正的家,当亨利和母亲分居后,我不免为我想念的家而感到沮丧。我为一个可以避免的失败自责。毕竟需要他们生活在一起的只有我。他们还是以自己的方式继续着彼此的关系,一直到生命的终点,然而……)

他们的分离,如果你那样称呼的话,并不苦涩。

有一天,我和母亲一起去找公寓。我们经常出去找公寓,因此我不觉得那次有什么特别，只觉得很无聊。

那所公寓大楼靠近银行街和库珀街，距离亨利家不远。那是座古老的灰色建筑，尤其是它的金属阳台，锈得似乎随时可能散架。

里面的情况稍好，但也好不了多少：黄色的墙壁，高高的天花板，两间大卧室，高大的窗户。但它闻起来有股酸臭的味道，而且厨房很小。我们在空荡荡的房间里踱了一会儿，但我以为她会像往常一样回绝屋主：

"谢谢你，我不租。"

不料，她转向房东，我只记得他头上的发蜡。

"两百元太贵了，"她说，"我给你一百五。"

就这么定了。

"那亨利呢？"我问她。

"他自己有房子。"母亲回答。

当她告诉亨利我们要搬家时，亨利也没有感到惊讶。

"你们两个人够住吗？"他只问了一句。

搬家那天，他前来帮忙。我们三个人沿着库珀街搬运一箱箱行李。我和母亲没有什么东西可拿的，两年来，我只多了几件衣服和一堆书。母亲的东西比我多，但也多不了多少。

事实上，公寓中唯一不平等的是卧室。母亲给自己买了一张床，我却没有床。

亨利建议替我买张床，或者将一直以来我睡的那张床送给我们。母亲不愿拿他的钱，因此她建议，我暂时和亨利住，直到她有能力为我买一张床。毕竟我们的新家离亨利家如此之近，不像分开居住。而且只是暂时性的，你知道。

"如果你这么想的话……"亨利说。

他们看着我，或许以为我会抗议。

"我无所谓。"我说。

并不是说我不愿意和母亲一起住。我对亨利的感情很复杂，主要是歉疚，但我并不打算向他们任何一人透露我真实的感受。

（我始终没有将偷来的任何东西放回原处，而且随着时间的推移，大部分偷来的东西都找不到了。）

"那就这么定了。"母亲说。

我的住宿问题解决了，没错。而且，尽管我并不高兴，但这项新的安排却成了最好的安排。

首先，虽然她仅花了四个月时间便替我买了一张床，但那时我和亨利相处得很自在，我还是经常睡在亨利那里，和睡在她那里一样频繁。在最初几个月，我几乎每天都可以见到母亲。她几乎每晚都和我们在一起，等她回去睡觉后，亨利便让我做自己的事。虽然失去了母亲的陪伴，但这种自由却更为珍贵。

再者,就在这几个月中,我和亨利的关系也得到了修复。

从一九六九到一九七八年,与亨利共度的这段时间,我的记忆比前两年还要粗略。我发现我很难回想起任何特定的时刻,它们前后顺序,以及当时它们所激起的感情。

在最初几天,我生活在对峙的恐惧中,深信亨利会追究撒谎事件,但他始终没有提起一个字,连一点儿迹象都没有。仿佛整件事是发生在别人身上而不是他自己身上的,或者干坏事的是别人而不是我。

不但如此,就在这个时候,亨利给我讲了他的童年:他双亲的过世、寂寞的岁月、蓝色天空降下的雨、一颗椰子的青壳,以及海洋、海洋、海洋……这让他在我面前没那么有威胁性,也没那么像大人了。

我们也一起回到了实验室,这是那场炼金失败以来的第一次。在这里,他同样待我有如平辈,虽然我们的工作不像炼金那样富有戏剧性,但就长远来看,更为有趣。

我仍然记得元素周期表,也仍然对元素十分着迷,因此他轻松地教了我一些简单的化学方程式,第一个是:

$$2H_2 + O_2 \rightarrow 2H_2O$$

(方程式每一端都有适当的原子数目补充,没有任何损失。)

在那几年间,当我们不谈论他的童年,也不做化学实验时,我们便借由书本讨论人生,从生到死。

"你应该看《格拉维达》。"一天我们讨论梦境时,亨利提议道。

然后我们便着手寻找詹森的这部作品。

寻找书的乐趣不亚于书本身的乐趣。我们会花好几个小时在书房里翻找,一边走一边将闪闪发亮的书从书架上抽出来。每找一本《格拉维达》,就会冒出来一本希罗多德的书,一本马可·波罗的书,以及一本《塞尔彭自然史》。

亨利的本领在于引导我去发掘那些可能会引起我持久兴趣的事物。我已经养成阅读任何可能给我带来一丝快乐的图书的习惯,但那些年他一直巧妙地引导我涉猎我所错过的部分。

直到今天,有些书我一拿起来便会想到亨利:

《平面国》(我十二岁时看的)

《格拉维达》(十四岁)

《生命的曲线》(十六岁)

《卡拉马佐夫兄弟》(十八岁)

《采取事物的立场》（十八岁）

《地毯上的图案》（二十岁）

    一旦看完一本书，我们会坐下来，讨论某个章节或某个观点，谈论斐波那契或者十维空间的生活。

    我们讨论时，我通常会倾向某种立场，而亨利一向尊重我的意见。只有一次，当我评论斯乜尔加科夫[①]还不错，只是被误导了时，他才表示反对。

    "你不觉得狗很可怜吗？"他温和地说了一句。

    我们唯一真正各持己见、相持不下的领域不是文学而是科学。我发现自己没有办法尊重那些伟人所犯的错误。亚里士多德对生物的看法让我觉得荒谬；还有，是的，拉马克[②]采集花朵可以理解，但我觉得，或者说我已经学会了对习得特性产生鄙视；至于黑格尔，呃……那些不可理解的东西就是垃圾，而我在二十岁的时候甚至不愿意拿他的《自然哲学》去喂猪。

    当然，我现在已经收回那些观点了，只除了黑格尔，呃……我还是宁愿饶了猪。

[①]《卡拉马佐夫兄弟》中的人物，他的名字（Smerdyakov）在俄语中还有"蠢蛋""无耻之徒"之意。

[②] 拉马克（Lamarck，1744–1829），法国博物学家。

我不知道阅读是否在生活上给予了我帮助。我也不确定阅读是否让我对死亡做好了准备，尽管亨利经常提到那才是学习的唯一益处。我知道的是，在二十岁时，我已经开始厌倦阅读，或开始厌倦亨利推荐的那些读物了。

一旦我选择科学作为我的专业，并开始攻读理学学士学位后，我便避开亨利的那些与我的志向无关的书：不要小说，不要诗歌，当然更不要哲学。我只阅读那些实用而有启发性的书籍。

我的意思是，在理论方面有启发性的书。我不知道一本有关分子生物的教科书是否比《牛顿信札》（亨利的最爱）更具启发性，但我说服自己它是。我紧紧地关上了我们之间的另一扇门。

然而，在我离开亨利家之前的数年间，阅读仍是我们亲密关系的一个方面。

那些年来，亨利会不时问起母亲，尤其是当他很久没见到她的时候。

这对我和对他都是痛苦的，因为母亲在自立门户后不久便开始和别的男人交往了。我不可避免的讨厌她交往的所有男人，也毫不避讳地对亨利直说。

"好吧，"亨利会回答，"某某先生一定有他的优点。"

他对母亲的缺点实在缺乏认识,或者说他只是不愿承认她有那么多缺点。例如,母亲的一些情人真的有虐待之嫌。一定有什么地方不对劲。

因为我本身不像亨利那样爱母亲,所以他拒绝承认母亲的缺点在我看来很愚蠢。

自然,随着年龄的增长,我开始思考爱,思考亨利对母亲的爱,思考母亲对虐待型男人的爱,思考他们的无爱、我的无爱……这一切到底有什么意义?

当然,在我初涉爱情之时,我更能容忍亨利的盲目了。我仍不理解他对母亲的激情,无法完全理解,但我已不再觉得它那么晦涩了。

在我十六岁,体内的荷尔蒙开始叛变时,我发现那不再那么难以理解;但直到十八岁时,我才终于体会到原则上和亨利一样强烈的感情。(假设我感受到了爱情的魔力。我不知道十八岁的我是否真的爱过。)

那种经历让人迷惑不解。

首先是自我意识。我的衣服紧了;我的衣服松了。我的牙齿够不够整齐?我的脚会不会流汗?我为什么没有一头天生浓密的头发?我希望用一切来换取能言善道、坚强和沉默。我恨我的嘴巴。要是我有双绿色的眼睛、有副宽厚的肩膀就好了。就好像有一家贩卖天生特质的商店,我在那里买到的全是错误的东西:窄小的胸膛,软弱的下巴,两只小手,一双棕榈叶似的耳朵,长错位置的毛发——该有的地方稀疏,不该有的地方茂盛。

再者,仿佛那还不够折磨人似的,你的大脑开始不断地偏离正题。不管你嗅到、尝到或看到什么,一切都会让你想起露辛达(露辛达·帕帕多莉丝)。一条狗的气息,它的酸味是爱的呼唤。黑橄榄尝起来是甜蜜的。月圆时,月亮圆满又洁白;月缺时,月亮还是圆满又洁白。虽然我想象自己的身体是不完美的,但我眼里的她是完美的化身——她颈部细致的曲线,手指优美的线条,胸部精致的弧度,臀部美妙的形状。

我经历了什么并不重要,在哪里经历的也不重要。一切都是美好的。

最后,尽管我很困惑,我的耻骨还是加入了战斗,那感觉就仿佛我跟了在一台电暖器后。那还是我和露辛达赤裸相见之前的情况。坦白地说,我不知道我是如何勃起,如何交媾,或如何射精的。事实上,我经常只是被激起去做上述三件事中的一两件,而很少按照顺序逐一完成。

好在我学会了放松,我很幸运有我的伴侣。露辛达善解人意,富有同情心,但对于这样一项简单的、理论上属于本能的消遣来说,我们发现的各种各样的错误多到令人震惊。

就这样,十八岁那年,我的感情不知何故获得了露辛达·帕帕多莉丝的回报;她也是十八岁,来自温尼伯,一个我一直憧憬的城市。我也开始领悟亨利讲述的霍恩佩因寓言的意义。在我的第一次性关系中牵涉种种复杂的情况。而正是这些驱使我对亨利谈论爱情。

我本以为,在爱河里沉浮多年的亨利一定愿意做我的引路人。不料,当我提及我对露辛达的感情时,亨利叹了口气,说:

"这种事会过去的,汤姆。"

这是他对我说过的最令我失望的话。

他说得不错。和露辛达相处了五个月后,我花了六个月独自疗伤。这种事确实会过去,但我痛恨亨利缺乏同情心的态度。记忆中,我再也没有提起过我的私生活;再也没有提及有关欲望、爱情或信任的字眼。

我苦涩地暗想,如果他谈起母亲时,我叹口气回答他:

"这种事会过去的,亨利。"

他会有什么感受?

也就是说,我想象我对露辛达的感情和他对母亲的感情是一样的。当时我并不了解,年纪轻轻地陷入爱河,何其有幸。"这种事会过去的"不是对我的感情的否定,而是一种同情的表达。初恋在一个人还没意识到它的美妙之前便已消逝。那不是:

"这种事会过去的,汤姆。"

而是:

"(很不幸)这种事会过去的,汤姆(不过如果你幸运的话,还会遇到一份更深入的爱)。"

如果当时我能体会他话里的含义,也许会振作起来,但我那时怎么会懂呢?我有着十八岁的傲慢,认为自己是有福的,坚强的,而且自己才是对的,如果所谓的"对"是几乎混淆了我的优点和缺点的话。

那有点儿像弄错了身份。不知自己为什么有福,为什么坚强,我不是自己所以为的那个自己,又怎能指望分辨是幸运还是不幸?

比如,直到现在,我才开始理解亨利的激情所代表的非凡的尊严。无可救药地爱着一个还未拒绝你的女人,耐心地等待她归来而不陷入绝望,忙于生存的细微琐事,翻弄书本,从事没有止境的实验,维系着空虚的内心,就像打扫出一间客房,希望着……相信着……

如果我在二三十岁时找到了生命中的挚爱,我或许会做一段时间这样的事。但是等上几十年?在四十、五十甚至六十岁时还依然如此?多年来我一直认为亨利这一点有些令人鄙视,但随着时间的流逝,在我的想象中,他的等待慢慢地从可鄙变成了另一种东西。

当然，我假设现在我对亨利了解得更多，在四十岁时了解了十八岁时无法了解的一个人；但也许假设得太多。难道亨利·文既是当年我所认为的那个荒谬的人，也是那个活在爱的尊严中的人？两者都是？两者皆非？

如今，最诚实的说法是：我从来没有真正了解过亨利，现在也不了解他，但我被关于他的死亡的记忆深深触动。

正如我所提到的，我和亨利相处的时间很长，尽管母亲已经搬了出去，我已在别的地方有了另一个家，我却仍经常睡在他家。然而，关于这十年，也就是在我搬到自己的住处之前的十年，我记得的事情却少之又少。

我到底记住了什么呢？

我记得亨利问我有没有喜欢的音乐，我说有啊，我喜欢《左轮手枪》——我听过或听说过的一张唱片，那个年代到处都是英伦音乐。我虽然听说过，但我对当代音乐并不热衷。

几天后，亨利买来一张《左轮手枪》，我们一起坐着，郑重地聆听那张唱片的两面。

当音乐放完，亨利说：

"很有意思，汤姆。不过听起来很像哭丧。"

我尴尬得不好意思承认，不错，那的确是哭丧，而且我还是比较喜欢老一点儿的音乐，比如巴赫或达·帕莱斯特里那①。

我记得撞见亨利用针线缝补西装外套的情景。

缝补衣服并不总是令人难忘,不错,但他做得极其精确。他穿着带袖子的衬衫,将西装外套搭在餐厅的椅子上。他拎起一件外套的袖子,仔细查看。然后,在剪下之前缝补的线后,他小心翼翼缝补了一个袖肘。

亨利的头离衣服如此之近,以至于每缝一针,我都担心针会刺进他的眼睛,但他却边缝补边轻柔地哼歌。

缝好后,他继续检查下一件西装外套,再下一件,检视缝补的情况,扯一扯扣子,等等,就那样围绕着餐桌,从一件外套到另一件外套,从一把椅子到另一把椅子。

我记得亨利那些年里一些"男仆"的名字:彼得、理查德、大卫、西尔万……帕特里克、亚瑟、罗伯特、德鲁、爱德华、塞缪尔。

我记得帮他查阅百科全书,或者听他热情地谈论他的最新发现:偶因论、解梦传记、库萨的尼古拉的无限论……

---

① 焦瓦尼·皮耶路易吉·达·帕莱斯特里那(Giovanni Pierluigi da Palestrina,1525–1594),意大利文艺复兴时期的杰出作曲家。

我也记得我离开之前的那些时刻。

那是一九七八年的夏天。我终于决定独自生活,离开亨利,离开母亲。

你知道,这不是永别。我将大部分东西留在原来的地方,只从亨利家拿走了我的书、衣服,还有我的第一只鹦鹉亚历山大;从母亲家拿走了衣服和床。

我将书装入十几个纸箱中,衣服则装在两个旧手提箱中。亨利的男仆,我想是西尔万吧,帮我将比较重的箱子从三楼搬了下去,亨利则帮忙搬下一个手提箱和装在鸟笼里的亚历山大。

我想那天天气很好。屋外有沥青的味道,屋里则有卷心菜汤的味道——那是西尔万做过的唯一可以勉强入口的食物。阳光太亮,我坐在借来的旅行车中晒得难受。虽然我们要去的地方不远,就在里昂街和吉尔摩街转角的一间地下室,但我还是担心亚历山大会被烤焦。

"烤鹦鹉,好吃好吃。"[①]西尔万说。

当所有箱子都装好了,我用安全带绑住亚历山大的鸟笼,回到屋里道别。

从阳光下步入屋内,我一时看不清楚。亨利正在玄关处

[①] 原文为法语。

等着,但似乎有点儿不对劲。他看上去很不自在。

"需要的没落下什么吧?"他问。

"没有。"我回答。

"你确定吗?"

"当然……"

亨利穿着一套灰色西装,显得异常消瘦。他垂下头,用外套袖管擦了擦眼镜。他看起来很老,一点儿都不像平日的亨利。仿佛我由烈日走到阴影中,已穿越了几十年的光阴。

"再见了,亨利。"我说。

他重新戴上眼镜,和我握了握手。

"很遗憾我不曾是你父亲,汤姆。"

这和任何事有什么关系吗?我不懂。

"是的,呃,我不需要有个父亲。"我回答。

然后,我又说一遍:

"再见了。"

他的手和报纸一样干燥,或者是我的手太湿了。总之,亨利露出笑容,当我离开时,他又恢复了老样子。

当我和亨利握手道别时,"父亲"的概念已经开始消散。现在它几乎完全消失了,尽管我想对于这件事我确实有一种求知欲。有生物的、历史的,甚至是社会学的问题需要解决,但不包括情感上的问题，没有。

"我不曾是你父亲。"亨利说。

我记得他说这话时的样子：轻声地，强调过去时，同时还握着我的手。

他有可能在骗我吗？他曾经骗过我有关元素转化的事，但他那么做是有正当理由的，或至少是有理由的。他想让我知道，如果黄金那么容易制造，它就没有价值了；黄金的概念远比黄金本身还要珍贵。

作为一个概念的行家，亨利应该会这么想，但是，算了……

在我看来，他没有理由隐瞒他和我的血缘关系。

和母亲共度的岁月

如果你看到这里，可能会认为，我们的关系（我的意思是，我和母亲的关系）将在这十年中——从我的童年意外结束（一九六九年）到正式结束（一九七八年）——逐渐恶化。事实上，在很长一段时间内，我对她的感情确实是复杂的，通常是矛盾的：快乐的矛盾，痛苦的矛盾，矛盾却乐观，矛盾且害怕，矛盾又愧疚。

多年来，我和她在一起还不如我和亨利在一起来得自在，没有和解所需的理想环境。

但是……

母亲晚年生活中最好的事情是,尽管她爱亨利,却认为离开他后自己更快乐;没有情感负担,她似乎更自在。

她有那个福气。无论她怎么做,都无法破坏亨利对她的感情。只要她愿意,她可以经常来看亨利,也可以很少出现:来吃晚餐,或吃星期日的早午餐,来讨论我在学校的问题,当她要出差到希库蒂米、三河镇或鲁安－诺兰达①参加政府资助的枯燥课程时,来询问是否可以让我住在他那里。

我强调她认为自己快乐,并且似乎很自在。我无法将安逸和满足的状态与母亲联系在一起。就她对男人的品味而言,我看不出她如何能达到那种状态。和母亲在一起时,不管我们在哪里或在做什么,我总感觉到一种潜在的不安。记忆中,母亲唯一没有给我这种感觉的时刻,是她第一次和亨利静静地坐在一起的时候,还有她临终时静静地躺在病床上,和我在一起的时候。

不过,离开亨利后,她有时确实表现得比较轻松,而且在我看来,她似乎开发出了一种幽默感。

当然,有可能她本来就有幽默感,只是我终于学会了欣赏而已。那很符合母亲的性格,在天性善变这一点上始终如一。但我要为自己辩解,我不得不说她有一种不同寻常的幽

---

① 三者均为加拿大魁北克省的地名。

默感。

比如，邻居有位老妇人养了一条黑色的大狗，一条纽芬兰犬。那条狗外表吓人，实则友善，老妇人总任它自由地在街上嗅东嗅西。

后来有一群年轻人搬到了老妇人的隔壁。从那时起，我们每次在街上碰到老妇人，她都会埋怨那些年轻人震耳欲聋的噪音，污秽的言语，令人恶心的脏话。那可怜的老妇人实在受不了这些。更糟糕的是，那些年轻人养了一条恶犬，经常骚扰邻里，直到有一天被那条纽芬兰犬在一次打斗中重创。

我们都很感激。

然而，没过多久，那条纽芬兰犬便被打死了，尸体留在了人行道上。几乎可以肯定是那些年轻人下的手，但没有人目睹这场杀戮。

你可以想象那位老妇人的绝望。

总之，一天晚餐时我和母亲谈起这件事，我们都对那条纽芬兰犬的死心有余悸。她漫不经心地将晚餐放在我的餐盘上，我也心不在焉地瞥了一眼，看看是什么。（通常不值得一看。）

"这是什么？"我问。

那是样烤焦的东西，上面浇着蘑菇奶油。而母亲回答：

"我不想白白浪费那条可怜的狗,托马斯。"

有一秒钟,我几乎相信了她的话。她的声音那么柔和,那么动情。

这充分反映出当年我的天真,那一瞬间,我居然相信母亲会将那条狗的尸体捡回来,剥皮烹调,然后浇上康宝蘑菇奶油一起端上桌。(这多少也反映出她的厨艺。)

虽然倒尽胃口,但我还是笑了出来。我们两个都笑了。我们一起大笑,尽管我的想象中仍不免闪过两幕相互冲突的怪异场景:躺在人行道上鲜血淋漓的狗的尸体,以及母亲拼命剥下动物的皮准备晚餐。

我们两人都没办法吃掉那盘蘑菇猪肉,也没办法咽下她一起端上来的薄荷果冻。

这不是我们第一次一起大笑,但这件事因为以下原因深嵌在我的记忆中:

- 母亲的大笑声
- 感官细节(直到今天,我仍然无法忍受蘑菇奶油)。

这也是我第一次隐约感觉到,对母亲的怨恨限制了我对她的了解;这是我们关系的一个转折点。

童年的我和现在的我最显著的差异就是,后来我发现母亲是一个风趣的女人。这一点引起了各种各样的疑问。我的意思是,有多少我所认为的疏远和缺乏关爱,实际上是距离和幽默?做父母的是不是更愿保持距离和幽默感?"缺乏关爱"和"幽默感"彼此排斥吗?或许根本没有疏远……或许全是幽默……

当然,就幽默而言,我远非专家。在我童年的大部分时间里,我都太严肃,不会自嘲,也不会取笑其他任何事。后来我弥补了这一点。我可以告诉你,我发现最可笑的就是我自己。

回想起来,母亲也常取笑我,但她也经常取笑自己。也许不应该用笑这个字。她不常笑……更确切地说是她不会那么认真地对待自己的阴暗面。

她甚至在她和杰拉尔德·佩里的关系中找到了幽默。他是唯一一个我亲眼见过对她动手的男人。我清楚地记得他的样子:高大、超重、金发,始终穿着一件皮夹克,身上也总带着机油的味道。

"妈的,你看什么看?"

他问了我一句,将母亲往墙上一推,怒气冲冲地走出公寓。(即便在那个时候,我仍以为自己在做梦。)

母亲对他的评论是:

"害我不知道花了多少钱在化妆品上。"

还有:

"他是个好人,甜心,他只打我这半边脸,你知道的。"

母亲的话让我很沮丧,她一笑置之的不是杰拉尔德·佩里,而是她自己。她将自己当成取笑的对象,至少有时就是如此。

正是在这一点上,我感到和她最为亲近。

不断述说母亲的幽默感似乎很奇怪,但那幽默感不但使我们逐渐亲近,而且就像她晚年的影子一样。

不只是一个影子。

就在我接纳她的这一面后,母亲在我心中开始产生微妙的改变,从卡达琳娜到母亲,或从母亲到卡达琳娜,视情形而定。我的意思是,如果"母亲"代表专制,令人生畏,那么她原先的形象便是如此。如果"母亲"代表慈爱和善良,那么她在临终前几乎已是一位母亲了。

我意识到做母亲的两样都是——一方面令人害怕,一方面充满慈爱,但我总将她更善良的一面视为母亲。而令我不安的是,将母亲视为母亲的记忆,不如将母亲视为卡达琳娜的记忆鲜明。

然而有一个时刻脱颖而出,一个母爱处于至高点的时刻。

那是我离开两个家之前,刚刚升入大学二年级的时候:

一九七七年。

那年我二十岁。

我和母亲约好在汤尼牧场附近共进午餐；我还记得那地方的名字，但那周围的模样却记不得了。我们几乎从未在白天碰过面，所以我一定对日常作息被破坏感到不满。

我不记得当时我们为什么要一起吃午餐，但我们聊起了欧文·李维斯，一个我始终没能听懂他的口音的牙买加人，也是最近一个令她失望的男人。尽管在我看来，那个人已经存在好一阵子了。八个月？一年？

记忆中，我们一起吃饭的那家自助餐厅是白色的：白色墙壁，白色地砖。也许那是冬天。不，连托盘都是白色的，日光灯也亮得反常。也许我当时快生病了。

母亲戴着眼镜，在家时她是从不戴眼镜的。她穿着海军蓝的外衣，鹅黄的衬衫，深蓝的窄裙，戴着一条珍珠式样的项链。她外出工作时，看起来更像是一位贵妇，而不太有妈妈的模样。

她的头发短短的，几乎没有白发。她的面孔依然光滑，没有鱼尾纹，除非皱起眉头的时候。她的唇膏一如往常的浓艳，就像浮在她嘴唇上似的。但除此之外，她依然是一个美丽的女人。

我已经不记得我们怎么会聊起欧文·李维斯。他离开多久了？为什么离开？为什么会那么残忍？我觉得这一切实在没有意义。

"为什么要跟那种男人混在一起？"我问。

"我应该怎么做？"母亲微笑着问。

"你应该更理智。在我看来，你好像喜欢受苦……"

（这句话说得好。）

"我一点儿也不同情你。"我说。

接着我便告诉她原因。她憎恨自己。她不负责任。她欠缺考虑。我沉醉在自己的滔滔雄辩中，提出了各式各样的建议，从精神分析（针对她的）到自我克制。在我看来，我们终于实现了沟通，我终于能告诉她一些她从来没听说过的事。

那时我并不相信精神分析，现在也不相信。那就和手淫一样，谈不上是门科学。但我之所以提起精神分析，是因为那听起来很成熟。我记得我一直讲个不停，抬眼见到她的笑容时，我将那视为鼓励。

当我再次抬眼时，她在哭。她哭了多久了？

"我是不是说错什么了？"

"没有，托马斯……对不起。"

她从上衣口袋拿出一条手帕，取下眼镜，擦拭眼睛。

"我还以为你不爱欧文了。"

"我是不爱了……"

"你不能诚实点儿吗?"

(又一次问得好。)

"你到底在哭什么?"

"我不知道。"

对话到此结束。她眼睛红肿,两手颤抖,抽着鼻子,从皮包里摸出小镜子和化妆品。母亲当时三十九岁,比我现在还年轻,但她的样子似乎苍老得令人难以置信。

起初我感到愤愤不平,因为我想:这一定和我有关系……但我只是想帮助她而已。这么敏感是她的错。她不必将我的话看得那么严重。她以前从未如此。

就好像她背叛了我。

然后我愈加愤慨,因为我想:这和我说的话没有半点儿关系。她还在想念欧文,这个笨女人。她根本没把我的话当真。仿佛不把我的话当真便是错。她到底有没有听我说话?她听过我的话吗?

然而,在那些她擦干泪水、重新补妆的时刻,她展露出我从未见过的一面:充满人性,而没有一丝神性。

真的,这些矛盾正是我对母亲的典型感受。与母亲在一起时,我似乎已经与混乱发展出了一段爱情。

我的意思是,就次序而言,我似乎确实是在一九五七年一月十五日的某一时刻,从母亲的子宫坠入人间。而在那之前,根据我所学到的,她,卡达琳娜·麦克米兰,提供了我生存所需的一半元素。

所以关于生育我的那个女人,我知道一个名字,知道一个出生日期,知道一些她的出身,以及她生活中的事情。从本质上说,我对她的了解其实和对父亲的了解一样贫乏,而且我所知的信息也几乎毫无用处。我的意思是,对于"你母亲是谁"这个问题,我只能肤浅作答。

请注意,对于"我是谁",我也只能肤浅作答。

认识你自己?原谅我的用语,但那些古希腊人懂个屁。我对自己的出身、自己的父母和其他一切都知之甚少,又怎么可能了解自己?再说,"我是谁"是取决于"我处于何时"的一个函数,而"我处于何时"只是一个近似事实的现象,就像在玻璃窗上呵气一样倏忽易逝。

对,是的。这是一个老掉牙的故事。人类的无知就像泥土一样普遍,如果我能安于自己的无知,我会感觉更好。

但尽管无知没有带来安慰,却带来了我所知道的唯一持久的激情,不仅是一种求知的激情,更是一种对现实事物的激情,现实事物就是联系,联系就是爱,或就我所知,几近爱。

很抱歉,我想说的是,对我这种人而言,对母亲了解得越深,对她的爱就越少。我的无知是我们得以亲近的源头。

我并不迷恋母亲，但碰巧她是我生命中最不可预知的一个元素，一个我最常寻求联系的对象；为了爱，对，但也是为了自我保护。

不知道这究竟有没有道理？

迁入位于吉尔摩街和里昂街的公寓的那天，我请母亲来吃晚餐。

家里没有餐桌，只有两把椅子。

我没花多少时间便将我的东西安置好了。我的书本整齐地堆放在卧室墙壁旁。我的床上铺着我唯一的床单。床单是纯白的，尺寸太小，无法包住床垫。我的衣服放入了一个低矮的五斗橱。

我仅有的厨具放在一个抽屉中，我在抽屉内铺了蜡纸，放了四把餐刀、三把叉子以及半打勺子。碗柜只有一个，所幸餐具不多，只有三个茶杯、四个餐盘、两口深锅和一个平底锅。

那间公寓湿气很重，弥漫着泥土的气味，还夹杂着房东钉在一面墙壁上的松木墙板的味道。地板是水泥的，很冷。屋内只有两扇窗户，一扇在厨房，一扇在前厅，两扇矩形窗都又小又脏，即使高出地面，也没有什么光线透进来。

前任房客留下了一盏灯、一块圆形的地毯——黑色的流苏让它看起来像一只彩色的昆虫,以及一台小型的黑白电视——时好时坏,有时候只有蓝屏和呲呲啦啦的声音。

我觉得这是我的家,因此很高兴置身其中。

在我的第一间公寓中,我做的第一顿饭是腌牛肉、卷心菜配白米饭。那顿饭一定惨不忍睹。我将腌牛肉烧成糊状,在平底锅内填满水,加入几坨番茄酱和一剂伍斯特郡酱汁,我把一罐玉米粒倒在牛肉上,再铺上一层卷心菜。

等它炖烂后,我将这种适合没牙的人吃的菜浇在米饭上,然后和母亲一人一盘放在膝盖上,在前厅吃。

"很好吃。"母亲说。

但她只勉强吃了一两口。

"你确定好吃吗?"

"非常好。"

"那你为什么不吃?"

"我还想活呢,亲爱的。"

我难掩失望之情。

"我还以为你喜欢。"

"我是喜欢,托马斯,但我不饿。"

她将餐盘放下,来到我身旁,一手揽住我的肩膀。

"我都不记得上次有人为我做饭是什么时候了。"她说。

"亨利呢?"

"除了亨利。"

她在我额头上亲了一下。

我突然意识到,我已经写了这么多知道的和不知道的事,已经花了这么长时间回忆母亲的难以相处、她的缺点、她的优柔寡断……我又想到,母亲常常也是个深情的女人。

这些年来,她的爱与日俱增。

(我小心翼翼,避免在回忆中将母亲崇高化。据我所知,她与亨利共处的两年是她唯一拥有的家庭生活和幸福时光,但此刻在我看来,那是她和自己的命运抗衡换来的。我的意思是,她本性是个不安分的女人。她一定很爱亨利,才能够和他过了那一小段日子。)

我很想写"她改变了"或"我改变了"或"我们改变了",但那都是毫无意义的话。我们什么时候不在改变?我们什么时候停止过改变?

母亲现在仍在改变,尽管她已经过世好几个月了。

仿佛死亡散发着蓬勃生机。

打扫房屋

13

时间照常流逝，不是一分一秒地流逝，而是从一个波峰到另一个波峰。

从一九七九到一九九〇年，周遭发生的事情层出不穷，比发生在我自己身上的事情还多：魁北克经历了一番骚动，但还是留下了①；宪法签署于一个多风的日子，那天我待在家，发着烧；克拉克和特纳成了出色的总理；米奇湖完了，夏洛特顿也完了②；种族清洗，捍卫民主，裁决和圣战……有那

---

① 1980年，魁北克省就主权问题在全省举行了全民公投，结果是半数以上选民反对魁北克省脱离加拿大独立。
② 加拿大政府分别于1987年和1992年提出《米奇湖协议》和《夏洛特顿协议》以修正宪法，内容包括魁北克省在加拿大联邦当中的独特性，但两项协议皆被否决。其中《夏洛特顿协议》于八十年代末即由克拉克总理着手起草。

么多有趣的方式来描述死亡，然后便是死亡本身：公共汽车从山上跌落，火车从桥上翻落，飞机从空中坠落……

这些我都是从《市民报》首先得知的。《市民报》是我的生活必需品，是外部世界的一扇令人分心的窗。

当然有更多的事：伊利亚·普里戈金①、福井谦一②、约翰·波拉尼③、苏布拉马尼扬·钱德拉塞卡④、卡罗·鲁比亚⑤、西蒙·范·德·梅尔⑥……

我恋爱了，我猜，然后又失恋了。

某年的加拿大国庆日，我的两个脚趾被压碎了。我的拇指在打垒球时折断了。

我从吉尔摩街搬到珀西街，又搬到麦克劳伦街，再搬回珀西街。

我坠入爱河，这回我可以肯定，然后又失恋了。

我在拉马克实验室找到一份暑期工作，担任一个微不足道的职务，不料后来却成了我一生的事业。一九七九年毕业后（在渥太华大学获得理学学士学位，出乎意料地以特优成绩毕业），我开始在拉马克实验室做全职工作。我慢慢从观

---

① 比利时物理化学家、理论物理学家，1977年诺贝尔化学奖得主。
② 日本理论化学家，1981年诺贝尔化学奖得主。
③ 匈牙利－加拿大籍化学家，1986年诺贝尔化学奖得主。
④ 印裔美籍天文学家，1983年诺贝尔物理学奖得主。
⑤ 意大利物理学家，1984年诺贝尔物理学奖得主。
⑥ 荷兰物理学家，1984年与卡罗·鲁比亚共同获得诺贝尔物理学奖。

察血液检验和血球指数，到协助其他人观察，最后到监督那些观察者；虽然工作实质大同小异，但地位改变了。

我想这是性情和志趣的问题。我喜欢那个环境。如今我仍对离心分离机着迷，就和当年第一次将采血瓶装到里面时一样。我喜欢看着冰箱里排列整齐、标示清晰的器皿。实验室的每个房间都保持得相当整洁，令我感到惬意。

此外，我喜欢和我一起工作的伙伴：琳达·格雷厄姆、罗恩·韦伯、约翰·麦肯和琳达·米切尔。

我想念他们。

母亲过世迄今的这十二个月，是我自二十一岁以来离开拉马克实验室最久的一段时间，而我已经开始梦到离心机和血浆了。

我不太记得一九七九年到一九九〇年间的事，仿佛那段岁月不是我经历的。

我很少去看望亨利和母亲，总有其他事情可做，那些事情没什么值得回味的，除了偶尔这样或那样的快乐和悲伤的片段，我几乎没留下什么回忆。

然后，一九九〇年时，母亲返回了佩特罗利亚。

如今这项决定和七年前一样令我困惑。她在桑迪丘买了一栋小房子，也交了一群朋友，虽然她不怎么喜欢那些女人，但每次我见到她时,她似乎都很满足。

再怎么想象,我都无法料到她会回到那样一个不幸的小镇。

"我还以为你喜欢渥太华呢。"我说。

"我从来就不喜欢渥太华。"她回答。

这句话本身也令人费解。

她不愿意,或者不能说出原因,但她决定返回她父母的家。

(我以为母亲瞧不起那个地方,我很震惊她没有将那里的房子卖掉。)

我不记得我有没有帮母亲打包行李,或者帮她搬家。我想应该有。亨利肯定帮忙了。从她离开渥太华自我放逐(或返回佩特罗利亚)的几年里,亨利经常问起母亲的情况。

"她好吗?"

"她有没有钱?"

他和其他人一样,认定我去看母亲的机会比较多,毕竟我是她的儿子。而且老实讲,我曾多次打算去佩特罗利亚探访母亲。我们经常聊到这个话题。

"你什么时候来看我,托马斯?"

"快了,快了……"

"这星期来不好吗?你可以睡在你以前的房间,你知道的。"

"呃,这星期也许不行。"

这看起来好像是我多年来怀恨在心，现在轮到我惩罚她独自一人留在佩特罗利亚。完全不是这么回事。首先，母亲重返佩特罗利亚时，我已经三十三岁了。时过境迁，我已经埋葬了大部分宿怨。再者，母亲当时并不孤单。据我了解，她在佩特罗利亚有自己的生活。她在萨尼亚工作，下班后回家和朋友们在一起。

而且，老实讲，我真的打算去拜访她。

只是，我始终没有采取行动，一次都没有，直到她临终前的一星期。

你了解的，我并没意识到她将不久于人世；我的意思是，不知道死亡会来得那么快。如果我早知道……

如果早知道，我几乎肯定会去拜访她。

从某种程度上讲，我和母亲失去了联系，但我也和亨利失去了联系，尽管我们住在同一座城市，偶尔碰个面。

后来，亨利晚年的一项痴迷活动使得我们在进一步疏远前，又亲近了起来。

一九九五年的春天，亨利在他的书房中展开了一项狂热的搜索，在我看来，这毫无意义。他在我上班时间拨了一通电话。

"汤姆，我需要你。"

"你没事吧?"

"我?好得很啊。"

"那是怎么回事?"

"我需要你的眼睛。"

我纳闷他要我的眼睛干什么,不过当然,亨利经常突发奇想也不是什么新鲜事。

"好吧,我明天过去。"

"今晚好不好?"他要求道。

我刚刚说过,自从搬到我的公寓后,我便很少去看亨利了。我们会通电话,不定期地聊一聊。但说真的,我没料到亨利的这一面,也没料到我们的房子会变成那样。

抵达亨利家时已是晚上。地面有积雪,树木仍旧光秃秃的。我从梅恩街和黑兹尔街出发,沿着埃尔金街走。库珀街七十七号一片漆黑,只有书房和客厅透出灯光。我敲了敲门,亨利前来应门。

"进来,进来。"他说。

但一跨入门槛,我真不知道往哪儿下脚或往哪儿看。墙边堆放着一摞摞书,楼梯台阶上也是书,大多敞开着。地板中央也有书。客厅里,沙发上、沙发下、壁炉旁、壁炉架上全是书。仿佛一阵龙卷风刚刚席卷了书房。

唯一没有受到书本妨碍的地方是书架。书本之间留了一条通道,不错,但房子前部几乎无法通行。

此外,在墙上,亨利贴了数百张书页。有些书页上,他在某个句子、词组、数字或等式的下面画了线。有些书页上,他用黄色粉笔画了圆圈记号。还有些书页上,他用黑色墨水写了批注。

亨利本人还是和以前一样瘦削,只是如今佝偻的身躯显得十分无助。

"发生了什么事?"我问。

"真高兴你能来,汤姆。我正在找一样拉蒙·卢尔写的东西。我知道它在这里的某个地方……"

我承认,在克服了对乱象的讶异后,我感到恼火,他竟打电话叫我来找一本不知埋藏在哪里的什么书。他不知道那本书可能放在哪里,不知道那本书的名字,事实上,甚至不确定那本书是不是拉蒙·卢尔写的。搞了半天我才弄清楚,我们要找的是一本可能和拉蒙·卢尔有关的书;一旦找到,那本书的重要性不仅体现在它的内容上,也会体现在它所指向的内容上。

"不过我知道它在这里。"亨利说。

这根本帮不上忙。

"你真的现在就需要它吗?"

"喔,汤姆,你知道我不会麻烦你的,除非……"

"找那个做什么用?"我问。

"治疗癌症。"他回答。

"癌症?你什么时候知道自己得了……"

亨利笑了。

"我没有。"他回答。

在这种时刻,现实便显得尤为脆弱。一个六十八岁的老人要我到他家来,帮他在一座三层楼高的房子里散落的成堆书本中,寻找一本由拉蒙·卢尔所著的或与他有关的书籍。

我开始怀疑我怎么一直没有发现亨利是个疯子。

"你怎么不找塞缪尔帮忙?"

"塞缪尔已经离开了。"亨利回答。

而这,我必须承认,并没有让我对他的精神状态感到放心。

让我冷静下来,几乎不再恼火的,是亨利的行为。说来奇怪,不过这些年来,亨利还是亨利,而且我越打量面前这位老人,就越觉得他的这一项要求和他昔日的所有要求一样,并没有什么特别之处。一九九五年的那天晚上,亨利虽然有点儿令人不安,但当我随他进入书房时,感觉上就像第一次随他进入实验室一样。

再者,那些乍看下杂乱无章的书本,其实还是有一定章法的,这一点让我感到安心。知道其中的秩序,让我松了一口气：

- 靠墙的那些书是没有用的。
- 房间中央的书或许有用、或许没用，依它们的位置而定：在书房的是最重要的，最接近他要找的目标；在厨房的是最不重要的。
- 楼梯上敞开的书有待进一步决定，有些只是粗略翻过。
- 钉在墙面的书页是从书房中的书本里裁下来的。
- 用黄色粉笔画注的书页是最重要的，与拉蒙·卢尔有直接关联。
- 记载方程式或等式的书页是次等重要的。
- 他写有批注的书页略有或没有重要性，但有"暗示性"作用。

等等。

我感到的安心与亨利的计划毫无关系。我不相信在这间特殊的图书馆内藏有治疗癌症的秘方。确切地说，让我安心的是，亨利的搜索很有系统，他的脑筋还是清楚的。可是……

"你需要我做什么？"我问。

"有些旧书的批注部分我需要你帮我看一下，汤姆。我的视力……"

我随着他步入书房。他打开另一盏灯,手指着一本皮尔·安吉洛·曼佐利所著的《马契鲁斯·斯特拉图斯·帕尔西尼乌斯的一生》。许多书页已被裁了下来,旁边的桌上放着一枚刮胡刀片。

"抱歉,汤姆。我根本看不清这些脚注。"

他的语气几乎和我一样困惑。

"你没有放大镜吗?"

"有,有,但是用放大镜看很痛苦。"

对此我无法反驳。

"也许你可以从这里开始?"他说。

我不知道自己能否公正地评价和亨利在一起的那个夜晚。每每回想起来,它的意义就会改变。但有一件事我是肯定的:那个夜晚回想起来要比当时更令人感动。

亨利打扰了我的日常作息,要我帮他念一本书的脚注,结果发现那些脚注与癌症治疗或拉蒙·卢尔根本没有关系,这令我颇为恼火。我帮他念了一点儿拉丁文、意大利文和英文,但是念得毫不起劲。

这种疯狂的搜寻有什么意义呢?难道这只是亨利的又一次异想天开?

但当我读着曼左利的脚注,偶尔抬眼查看亨利是否在听,等着他做笔记时,我开始对他感到怜悯。不错,亨利是很瘦,也佝偻得厉害，但他努力坐直和书写的模样，尤其令人难过。

我们在书房中。亨利坐在扶手椅上，我坐在他对面靠近台灯的椅子上。亨利深陷那张大扶手椅中，被西装吞没，看起来很柔弱。他膝上放着笔记本，手中握着钢笔，两手蜷缩得像蜗牛，书写对他来说显然很痛苦。有好几次亨利的手抖得厉害，我都担心他手中的笔会掉下来。

"继续，汤姆，我在听。"

"好的，亨利……"

在这个三月的晚上，我倚在一位早已死去的作者的思想碎片上，给一个我所爱的男人朗读那些外文单词，心中有种怜悯和鄙夷混杂在一起的感觉。

我不能忍受目睹亨利的这一面：无法自如地掌控自己的身体，一点也不神圣。

在接下来的几个月中，亨利经常打电话找我帮他念书；当他认为自己发现了一种可能的治疗方法时，便要我帮他准备实验室进行实验。有一阵子，黑色嚏根草和某一样固定的东西混合在一起似乎是关键所在。后来换成一种带有臭味的嚏根草，接着是绿色嚏根草，然后根本不用嚏根草，而改用益母草和某一样与某一样或另一样东西调配。

他需要我帮忙准备烧杯、蒸馏器和本生灯，记录反应时间,保持实验室一尘不染。

他需要我帮他调配混合物、化合物与药膏,让他利用从大学买来的老鼠进行实验。

他需要我的帮助和理解。

可有什么事能让我理解他呢?在关于黄道十二宫的注脚中寻找治疗某种疾病的方法?在绝望中将希望放在嚏根草、益母草、梅笠草、银边翠和石根草身上?将数以百计的书页钉在自家墙壁上?

这些没有一样能激发信心。

几个月以来,我经常和亨利在一起,帮他读书并打点一切,但在那之后,我找到了种种理由逃避这项尴尬的任务。每当接到他的电话,我便谎称正要出门,准备去一个重要的地方,没有时间和他多谈。

"对不起,亨利。"

"没关系,汤姆。"

我去看他的次数越来越少。

然后,当然,当我遇见你的时候(一九九六年三月五日,在亨利开始寻找拉蒙·卢尔之后约一年),我的思绪飘到了别处。

一九九六年九月一日,在我启程去看母亲的前三天,我拜访了亨利,告知他卡达琳娜的身体状况。事实上,是通知他卡达琳娜的近况不好,尽管我还不清楚是什么原因。

那个早上,一个年轻男人前来应门,领我来到起居室,亨利正在那里看书。

屋里的状况仍然和以前一样:到处都是书,不过那些靠墙的书本如今堆放得比较整齐,而钉在墙上的书页则蔓延到了楼梯栏杆和门上。

所有灯都亮着,一盏盏落地灯则都被移到各个房间的中央。

我径自推开了起居室的门,亨利一时间没意识到我来了。他背对着我坐着,扶手椅两旁各放着一盏灯,正俯身阅读膝上的书,脊背弯曲得几近对折。

黑板上绘有一张星图:

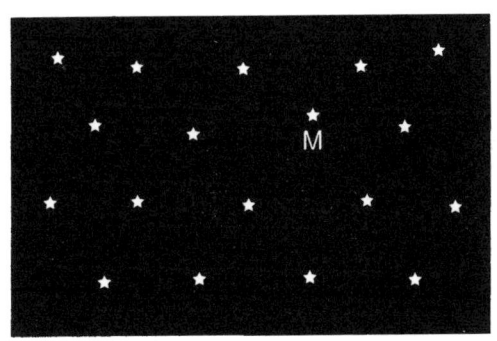

图 M,开普勒

(这幅图迄今仍令我觉得神秘难解,不过,因为我相信那是亨利所绘,所以在住进这所房子以后便没有动它。如今,未被风和灰尘抹去的图画仍留在黑板上。我也没有擦拭它的意图。对我而言它自有其意义,就像柠檬香皂,以及存放金沙的信封对我的意义一样……无论那个"M"对开普勒意味着什么,无论它对亨利意味着什么,无论它本身意味着什么。)

我看到了亨利的颈背。肌腱勾勒出一道柔软山谷。他灰白的头发稀疏地竖立着。他一手拿着一本敞开的书,一手拿着放大镜,镜片几乎贴在书页上,两手关节毕露。他一面阅读,嘴唇一面蠕动,但除此之外,室内一片安静。

"亨利。"我唤道。

他抬起头,微笑着转向我。

"汤姆。"他说。

仿佛我这几个月没有一直躲着他似的。

"你来看我的吗?"

"不是,"我回答,"我要去佩特罗利亚一趟,母亲病了。"

"你是来通知我的。"

他将书放在一旁,笨拙地站了起来。

"我来帮你倒茶。"他说。

我正准备拒绝,他却挽住了我的手臂。

"你和卡达来我这里好像还是昨天的事……我有没有和你说过,你像极了你的母亲?"

"没有,你从没说过。"

我们慢慢走下楼梯,亨利紧紧抓住栏杆,缓步来到厨房。秋天的阳光很温暖,但屋内沁着寒意,他从碗橱的架子上取出装有上等红茶的锡罐。

"让我来。"我说。

"没关系,汤姆。"

我坐在厨房桌旁,注视着他泡茶。他笨拙得仿佛第一次做这些事似的,从炉子上拿了一把茶壶,注满水,划一根火柴,点燃火焰,将茶壶放在炉灶上。

水开后,亨利抓了一小把茶叶,放入茶壶。厨房里弥漫着茶香。

茶叶泡开后,亨利取出两个白瓷茶杯和一个小型滤筛。他两手颤抖着滤掉茶叶,我还以为他会将大部分茶水洒掉。幸好,剩下的茶还够我们两个人喝。

"谢谢你,亨利。"

"不客气,汤姆。"

我们没有谈论母亲。亨利不愿意谈。

"母亲病了。"我说。

"你已经告诉我了。"他回答。

就是这样。

亨利谈起他渴望拥有的书本,即使以亨利的标准来看,大部分也都是晦涩难懂的书。他谈起他希望从海外移植来的植物,从亚历山大港、达喀尔、乌姆盖斯尔……

我并没有真正留意他的话。我觉得奇怪,他竟然在母亲生病时聊起植物。

"我得走了。"一喝完茶,我便说道。

"拜托,你一回来就来看我,好吗?"

"当然。"

我在前门转身准备与他握手,但我走得太快了,只好站在门口等他跟上来。亨利将手放在我的肩膀上。我不知道还能怎么做,便伸出双臂抱住他。那感觉就像抱着一袋竹竿。

"再见。"他说。

我看得出他心情沮丧,但不太明白为什么。他放开我,回到屋内,掩上房门,口中还念叨着:

"我把研钵放到哪儿去了?"

我驾驶一辆租来的车离开渥太华,一路以车载收音机为伴。

我一大早冒雨离开,在傍晚前便抵达了目的地。

对于这个世界来说,佩特罗利亚这座城镇本身已经改变。但在我心目中,它几乎还是老样子,一股怀乡之情油然而生。

你知道，这种感觉持续不了多久，但我很惊讶自己竟然会有这种感觉。我漫步在主街上，特意绕经邮局，从那里来到我所熟悉的其他地方。即使想迷路也不可能。

格洛弗街和我记忆中的不太一样，但我很难告诉你究竟是哪里变了。我觉得这里的房子都有点儿破旧了，但我从前摘蒲公英的地方仍是一片原野，光是这一点就很难得了。

外婆的房子和周围的房子现在已成为母亲和一群我不认识的人的住所了。

古德曼先生仍然住在他们的老房子里，但他已不是我小时候所惧怕的那个人了。在佩特罗利亚的第二天，母亲躺在外婆的床上断断续续地睡着。我外出散步，听到有人叫我，结果看见古德曼先生正颤巍巍地站在他家门前的台阶上，示意我过去。

"汤姆……汤姆……"

当我走近时，他说：

"真高兴见到你，孩子，真高兴见到你。"

他试图拥抱我，但我退开了，他踉跄了一下。

"我的腿不行了，"他说，"常常没有什么感觉……不过见到你真好，孩子……我一眼就认出你了。"

他白发苍苍，身材肥胖，胃部就像塞着三个枕芯的枕套。他的脸浮肿泛红，不知道是因为吃力还是喝了酒的关系。

"真高兴见到你，汤姆……"

"谢谢。"我说。

"自从你们这些孩子们离开之后，这儿就不一样了。"

"古德曼太太好吗？"我问。

"古德曼太太？我已经独自生活十年了。"

"很抱歉。"

"没什么好抱歉的，除非你是那个和她一起跑掉的浑蛋。"他突然生起气来。

如果是其他人的话，我会一言不发地掉头就走，但古德曼先生对我而言仍是个长辈，还是玛格丽特的父亲。我不得不对他保持尊敬。

"我得走了。"我说。

"你母亲病了，对不对？"他问道。

"是的。"

"你是个好孩子，汤姆。我的孩子没一个来看我的。"

他突然显得很悲哀。

"过来和我这个老头子喝一杯吧！"他说，"我打电话告诉我的女儿们。"

"也许明天吧。"我应道。

但我知道，我不会再回到那座房子，以及那间地下室，不管玛格丽特在不在。

所以，格洛弗街没什么变化，外婆的家也还和以前一样，乍见之时，我感到十分震惊。

我敲了敲门，但前门是开着的。

客厅内光线昏暗，但屋子里有骚动声。

"有人吗？"

我可以听见母亲的声音，然后是一个男人的声音。

"帮我按住她，拜托。"

我走上台阶，推开通往外婆卧室的房门。只见母亲躺在床上，一个白衣女人正按着她，另一个男人正从她的大腿上抽出一根注射器。当然，我知道他们是医生和护士，正在照顾母亲。但有那么一瞬，我还以为我撞见了一桩羞耻的情事。

那位医生转向我。

"你是？"他问道，语气中没有不善。

"我是卡达琳娜的儿子。"我回答。

"罗琳，你能帮我清理一下吗？"

"好的，医生。"

医生再次转向我。

"你能随我来一下吗？"

"什么情况？"我问道。

那医生是个肤色很浅的黑人，大约六英尺高，短发，面容枯瘦，用略带惊讶和失望的眼神看着我。

"你母亲不行了。"他说。

"我以为她只是生病了。"

"当然。她得了癌症。"

"癌症？"

你可以想象我当时的心情，或许你想象不出。

母亲临终前，我才发现她患了绝症。那位医生为母亲注射的是吗啡，这说明他们或多或少已经放弃了。他们几个月前便已知道她病入膏肓，但之前使用的是一种比较温和的药物，同时治疗她的疼痛和感染。在我抵达时，那种药已经不管用了，而那预示着母亲的生命已经走到了尽头。

此外，我母亲所患的不治之症，竟是亨利一直以来异乎寻常地寻求治疗方法的那种病。

母亲对这件事一直保持沉默。出于什么目的呢？企图隐瞒谁？隐瞒什么？我现在才想起来，母亲那个夏天打电话的次数较以往频繁，但我好像一直……答应什么时候去看她……幸福地一无所知……

因此当医生告诉我：

"她得了癌症。"

我一脸困惑。

"癌症？"

"对。听你的口气,好像不知道?"

在接下来的几天里,我有时间去思考我所不知道的事。

屋内虽然并非只有我和母亲两个人,但很安静。白天,大部分灯都关着,以免妨碍母亲睡眠。母亲之后没再离开过她的房间,但她的看护,一个天性快活、骨架宽大的女人,坚持让每间房间尽可能地在任何时候都维持柔和的光线。

"哦,麦克米兰先生,如果我们能像进来时一样走出去,那该有多好。"

我不懂她这句话是什么意思,不过反正我用不着明亮的光线。我不打算看书;当我需要从临终看护中休息片刻,我便出门四处走走。那名看护负责维持家里的整洁,照顾母亲的需要。没有工作时,她便在厨房里借着一盏台灯阅读:《毒气室》①。

而母亲……

母亲和外婆一样瘦骨嶙峋,头发潮湿而苍白。她的癌症从乳房开始,如今已经扩散到骨髓。她睡觉翻身时,曾经压断过一根臂骨。她最好还是躺着不动。

她大部分时间都在睡觉,我则在一旁的扶手椅上注视着她与自己身上盖着的薄被斗争,仿佛折磨她的便是那床薄被。当母亲偶尔醒过来,知道我在那里时,我便握住她的手,却

---

① 美国当代作家约翰·格里森姆的小说,另译《终极审判》。

很担心握断她的骨头,所以不管此举给她带来多少安慰,却无法带给我任何安慰。

尽管光线昏暗,加上她的外貌也确实发生了变化,但看到卡达琳娜身上出现外婆的影子,还是令我感到不安。我是从她的眼睛、鼻子、额头和耳朵认出自己的母亲的。正是在这些小地方上,她才是我的母亲。

对母亲而言,我也经常不是我。她有时会叫我"父亲""亨利",有一次甚至叫我"母亲"。(这一点想来怪异,仿佛我们两人是两个版本的外婆,在死亡的阴影下短暂地执手相伴。)

在那两天中,我们也曾真正谈过话,她是她,我是托马斯。不过我们谈得并不多;或者应该说,使用言语交谈的时刻并不多,多半是无言的交谈,或者没有交流的交谈。

有时候她会:

意识到我的存在,面露微笑;

意识到我的存在,但不确定我是谁;

意识到我的存在,面露微笑,但不确定我们在哪儿。

而我会说:

"我在这儿,母亲……"

"我是托马斯……"

"我们在佩特罗利亚……"

而床另一边的看护会以权威的态度温和地介入。

"你母亲需要休息,麦克米兰先生。"

"她不能劳累。"

"你母亲需要……"

母亲有一次温和地发话了:

"托马斯……那个泼妇是谁?"

"是你的看护,母亲。"

看护便改口:

"对不起,麦克米兰太太,你想和儿子单独聊聊。"

然后她便离开,让我们单独在一起。

你或许以为,在这最后相处的时刻,我和母亲会谈些重要的事情。问题是,在重要的事情上我一直没什么运气。再者,我们都不知道这会是两人相处的最后时刻。我们谈论天气、窗帘、床单,最后:

"你舒服吗?"

"现在是晚上吗?"

"还没到。"

"亨利呢?"

"他在渥太华。"

"我想念你,托马斯。"

"我也想念你。"

"亨利和你在一起吗?"

"他不在这里……"

然后,在临睡之际:

"他有没有告诉你……"

"亨利?"

"我累了,甜心……"

然后我突然想说:

"等一等……"

我想我有话要说,比如:

"等一等,我想……"

或是

"等一等,我还没有告诉你……"

但是,我想不出还有什么想说的,所以只好说:

"睡吧,母亲。"

所以最后的话,我始终没说出来,她也一样。

我可能该向她询问我生父的事。

不过在那时,我心里根本没有想到父亲的身份。我关心的是母亲,担心她是不是舒适,灯光会不会亮得难受,光线够不够,床是不是一直这么小……

父亲?

我想,不管谁是我的亲生父亲,我都是亨利的儿子。但是……

如果我有父亲,他很可能比较像马塔夫先生,而不是像亨利。

马塔夫先生是母亲生命中的典型男人。其他男伴,除了亨利,都是马塔夫先生的变体,有的比较高,有的比较矮,有的比较暴力,有的没那么机智。

(当然,马塔夫先生不可能是我的亲生父亲。因为母亲不是从一而终的人,很难相信她会和任何男人维持那么久的关系——从我出生到她回来接我,也就是从一九五七到一九六七年。再者,如果马塔夫先生知道我是他儿子,我想他的行为就会不同了,不单是对我不同,而是整体上都会改变。)

如果亨利是我父亲,母亲早该认识他了,最迟一九五六年就该认识他了。

那一点并不重要,重要的是:亨利有可能知道他是我父亲,而始终瞒着我吗?

他们为什么要隐瞒这种事,一瞒就是三十年?

他们有什么理由这么顽固地保持沉默?

不,我不认为亨利是我的父亲。亨利是母亲最后仍挂心

的人而已。相比这一点,母亲问起亨利时的语气倒更令我意外。听到她这么说令人难过:

"亨利在哪儿?"

毕竟是她离开他的。如果她愿意,他当时一定会陪着她,或者她仍和他在一起。

是什么原因让一个女人一辈子都爱着那些无法厮守的男人?

我说:

"睡吧,母亲。"

从那一刻起,卧室安静下来。

卧室外依旧是下午,天色还亮。街上没有孩子。那是夏季的尾声。我穿越小镇而行:朝雷瑟斯角走,然后折回来走到石油城,再继续走到高尔夫球场和瓷砖厂……

漫步穿过一个不属于我的,至今仍不属于我的小镇,我始终低着头,以逃避熟悉的建筑和面孔,只有沿途欣赏行道树时,才抬起头。

我回来的时候天已经黑了。

街灯已经点亮,母亲客厅的灯也亮着,前门敞开着。

在厨房里,亚塔尔医生,就是那位我刚来时与我打招呼的人,正在和母亲的看护说话。

"她最后一次是……"

他瞥见了我。

"麦克米兰先生，请你节哀。你母亲刚刚过世了。"

我注意到他黑色皮包上的姓名缩写（H.C.），还有看护的白色袜子。

他们两人都在观察我有什么反常之处，但我却感觉到一种罕有的镇定。

"谢谢你。"我回答。

我回到卧室，这似乎是最自然的做法。看护已经帮母亲梳过头发，整理过房间，还拉开了窗帘。天色已暗，房间内开了一盏灯。

母亲的眼睛闭着。我抑制住了想打开她双眼的冲动。

床单被拉到她的下巴处。

我忍不住俯身在她额头上亲了一下，虽然百感交集，但仍勉强克制住自己的情绪。

母亲享年五十八岁七个月零二十三天。

三天后的一个星期二，她下葬了。

只有寥寥几人前来参加她的葬礼。除了艾琳·舒瓦兹，我一个都不认识。

"你母亲的去世令人难过。"她说。

她一方面来送别卡达琳娜,一方面也是来看我的。艾琳握着我的手,贴了贴我的面颊。她的皮肤很干燥。

"你母亲还好吗?"我问。

"你知道的,我母亲现在住在明尼阿波利斯①。"

"我不知道。"我说。

想到我可能再也见不到舒瓦兹太太了,我感到一阵难过。

"我会告诉她你母亲的事。"

我和艾琳一起参加了葬礼。我们一起来到墓地,目送母亲的棺木被安葬在外婆和外公的墓园里。

(我是绝对不会葬在这里的。)

当棺木安放好,牧师转身离去时,艾琳说:

"有空来我们家坐坐吧,汤姆。我丈夫会很高兴见到你的。"

"当然。"

"我女儿长得很像我母亲……你一定要来看看她。"

"当然。"我说。

然而我终究没有践约。

母亲过世后到安葬前的那几天,是我这辈子所经历的最平静的一段日子。

---

①美国明尼苏达州城市。

除了我得应付母亲的律师。那家伙将我留在他的办公室里一个钟头,才读了母亲简单的遗嘱。

然后,在母亲的遗体被抬走的第二天,我便安排卖掉房子:

住宅急售

任何合理价位均可考虑

母亲的房子很整洁,没什么需要清理和打点的。

所以一安排好她的后事,我便将自己关在房中。

母亲的碗柜里收藏了一柜子汤罐头:清炖肉汤、牛肉汤。我想一定是打折时买的,否则实在没法解释为什么买了这么多。此外还有过期的饼干、黄油,以及一大罐薄荷果冻。不过这些和我没什么关系。我不饿。

我在房子里走来走去,在我以前的房间、厨房和客厅里闲逛,最后来到了母亲的卧室。(有时候无所事事是多么容易。)

踏入母亲的卧室并在里面逗留是一件痛苦的事,但我还是待了下来。

对一个直到晚年才表现出明显怀旧情结的女人而言,母亲保留的有关她的过去的东西还真不少。

五斗橱上方挂着一面镜子，和外婆在世时一样。外公外婆的照片也仍然装裱在银色相框中。房间内不再飘散薰衣草的香味，但书架上仍然放满了同样的课本、赞美诗集和童书。

然而，所有这些东西，书架、赞美诗集、五斗橱，它们虽然令人困惑，但最令我困惑的还是母亲的亲笔信。那些信仍放在三十年前我发现它们的地方，但如今已和母亲的遗物放在一起。

你懂的，让我困惑的不是那些信。我已经读过了那些信，虽然不完全理解，但对其中的内容也没那么意外。令我觉得悲哀的是，母亲还保存着她漂泊岁月的纪念品。读那些信件一定令她感到痛苦。

亲爱的母亲：

真感激你还能帮我继续照顾托马斯。我好想他。真希望你能寄一张他的照片给我，但我不知道我还会在萨斯卡通待多久，也不知道下一站要去哪里。

你无法想象和自己的孩子分开有多么痛苦。这种痛苦无可比拟。等找到工作后，我会立刻来接他的。我认识的一个人有车子。我找到工作后，我们会开车回来接托马斯。

有新地址之后，我再来信。

再见。

　　　　　　　　　　　　　卡达

　　那封信是一九六一年写的,是外婆所保留的第一封信。其他信件此刻也摆在我面前,内容都差不多,都是母亲发誓会尽快回来,还有些是要钱的。在有些信中,她听上去极为懊悔,在另一些信中,她充满怨恨、希望、悔悟……

　　那些信的语气毫不意外地透露了一个轻视自己母亲的年轻女子的心声。信中很少细述自己的行踪,更少谈及和她在一起的人。她只在一封信中给出了确切的地址:库珀街七十七号,但地点却在温哥华。

　　也许最令人失望的是,在一九六五年,母亲开始在家信中带几句话给我,但那些话就和写给外婆的话一样含糊其词。有时想想,外婆没将那些话念给我听,或许是出于善意吧。否则每次听到母亲快回来了,事实上却没有回来,我一定会沮丧无比。

　　这么说不是否定这些信对我的意义:在等待母亲葬礼的期间,我找到了三十张没有价值、已经泛黄的废纸;我差点儿就将这些废纸和其他衣服、书本、家具、雨伞和汤罐头等一起丢掉了。

　　这么说就和事实相去甚远了。

一个人在屋里时，我一再阅读母亲的信，没有焦虑，也并非怀旧，而是巨细靡遗地读。我在母亲的字里行间搜寻，就像威廉姆斯太太从前在成堆的白米中搜寻泛黑或坏掉的米粒一样。

我本想从中找到一些有关我身世的蛛丝马迹，或者有关母亲挣扎着想要回乡的生动描述，或者她的心情写照。

在整整两天中，我将信摊在厨房桌子上，每一封都触手可及，纸张散发着封存它们的木头抽屉的气味。我一读再读，不久便将每封信的文字和文字间的空隙都熟记在心，她的每一字每一句都流露着多种可能性。比如，"亲爱的"和"母亲"两个用语……

  "亲爱的母亲"：这是传统用语，没错，但从文字中却看不出来她的意思是"亲爱的母亲"还是"亲爱的母亲"，或两者都是，或两者都不是，或者两者的结合带有其他含义，"亲爱的"强调或冲淡了"母亲"的重要性。这几个字中包含了许多可能的感情：怨恨、深深的敬意、爱、不信任，就像石灰岩上的水一样或流淌或沉淀。你可以想象，如果像"亲爱的"和"母亲"这么平凡的词中都含有如此丰富的含义，其他比较复杂的名词，如"感激"和"萨斯卡通"等，我就更没有参透的机会了。不久，我便彻底无法理解它们了。

有两天我一直待在厨房里，白天敞开窗帘，晚上打开电灯。我在母亲的信前俯身，或坐在它们旁边，就像一个孩子在寻找……

一个孩子在寻找母亲？不，不完全是。我并没有惊慌或渴望的感觉，大部分时间都很平静。但仍然有一段时间，在第二天夜里，当我读信读得筋疲力尽……有那么短暂的一瞬，我不知所措。

我盯着母亲的文字太久，那些字竟然消失了，就像漂白剂突然倾倒在母亲写的字迹上。余下的一切仍在：桌子、灯、厨房窗外的黑暗。

我开始感到绝望。我以为自己失去了理智，因为我突然发现，字虽然不见了，标点却没有消失。那些母亲写在纸上的、几乎没有任何意义的小记号，逗号、句点，还留在原处。

这种事很少发生在我身上，你知道，即使明白是心理作祟，我还是将那些逗号和句点看成母亲短促的气息，而不是普通的标点符号。

亲爱的母亲（吸气）
　　我真感激你还能帮我继续照顾托马斯（长吸气）我好想他（长吸气）真希望你能寄一张他的照片给我（吸气）……

我突然感到，这些住在信纸铺就的地毯上的小记号，我是说，这些句点和逗号，是她信中唯一的珍宝。它们代表着沉默，这么多年，我正是从沉默中了解了母亲。如果能早些发现它们，我一定会亲手抹去她所写的字，以便更好地看清楚那些标点。

我感到一阵狂喜。就在母亲过世后的两天，九月初的一个平静的夜里，我竟可以看到和听到母亲柔和的呼吸：穿过我，在我的上方，在我的身体里。

你知道，我需要睡眠。

于是我趴在厨房桌上，在散置的信纸中悄然入睡；屋内亮着灯，屋外一片黑暗。

这并非生命中决定性的一刻。没有什么得到揭示，也没有什么得到解决，于是，很自然的，醒来后，我又看得到母亲所写的字了。

不过,这件事仍然有它的意义。可以说,那是道别的序章。而第二天早上,当我和艾琳握手,并回答:

"当然。"

我就已经没有再多看佩特罗利亚一眼的意愿了。

我已经离开了。

第二天我离开了:那是星期三。

回家途中,我有好几个钟头的独处时间。安大略的西南部在我身后卷起,犹如一张旧地图。

我脑中萦绕着对你、对母亲,特别是对亨利的各种想象。我几乎没有留意沿途的景色,只在经过伦敦郊区时,为绵延一两公里的红色和黄色景致分了心。

我首先想到了亨利,有几点理由:

1. 我必须通知他母亲的死讯。(我本可以立刻打电话通知他,却一直拖延着。)
2. 他遽失所爱,我想安慰他。
3. 亨利现在是我认识的唯一一个和我同样拥有关于母亲的记忆的人了。
4. 我纳闷他是怎么知道母亲罹患癌症的,而且为什么没有告诉我。

现在可以确定,他狂热地搜寻拉蒙·卢尔,是出于爱的动机,他洗劫书房的怪异之举也是出于高尚的理由。很遗憾当初我没有明白这一点。

(我不清楚亨利是否知道母亲将不久于人世,抑或只是猜测;但我承认,任何有关母亲的事,亨利很可能不需要猜测就知道了。这么说并不代表我了解这一切,我只是接受了这个事实。这样比较容易。)

早上十一点半,我驾驶租来的车离开了佩特罗利亚。晚上六点,天色渐暗之际,我回到了渥太华。

那天很冷,我的城市弥漫着潮湿的气息。

当我沿着库珀街来到亨利家时,只见房子灯火通明,仿佛正举办宴会,我感到十分沮丧。我很难过自己必须传递这个噩耗,但我仍要勉力而为。

一个身穿双排扣西装的矮个子男人前来应门,是梵·勒文先生。

"什么事?"他问。

"对不起,我能和亨利说句话吗?"

"不……不行。你已经错过接待会了。不过有几个老朋友还在这里。如果你不介意，就进来吧。"

"你不懂，"我说，"我有非常重要的……"

但那人已经转过身去，他的右手朝客厅方向比画着。

屋子内纤尘不染，一切各归各位。墙壁雪白，窗户更是干净得几乎看不见。若不是先前看到过，我一定想象不出这里曾是多么混乱。

客厅里坐着六位老人，全都穿着正式，其中三个紧挨着坐在沙发上，两个站在壁炉旁。壁炉架上点着两支红烛。剩下那个人，也许是最年长的一个，僵硬地端坐在一把扶手椅上。那个人让我联想到亨利，但我一个都不认识，而且这场聚会中有一种不祥的意味。

当我走向壁炉旁的两位先生时，其中一人转向我，并盯着我看。

"你很年轻。"他说。

他开始眨眼睛。

"不好意思。"我说。

我连忙移开身子，不让他有机会抓住我的大衣。

就在那一刻，我在一星期前见过的那名仆人出现了，他手中端着一盘香蕉饼。我连忙走上前，好像饿极了似的。

"亨利呢？"我问。

语气郑重。

"文先生今天早上下葬了。"他回答。

他企图绕过我,服侍别人,我困惑地想着一定是出了什么差错。

"为什么?"我问。

他一定以为我在开玩笑。

"这是防腐处理后的惯例。"他说。

我不是暴力型的人,但我恍惚看到自己一把掐住那个人;我的两手扣住了他的脖子,紧紧掐住了他。

"你是托马斯。"有人说道。

"对。"我回答。

"托马斯……亨利星期天过世了。"

说话的人正是梵·勒文先生,他从那名仆人身后走了出来。

"怎么死的?"我问。

"工作的时候突发心梗。他当时正在工作。一般人所求也不过如此。"

"死得漂亮。"一名坐在沙发上的先生喃喃道。

"我们都会像狗一样死去。"那名坐在扶手椅上的老先生说(语带苦涩)。

"对,不过死得快就是好事。"梵·勒文先生说。

他又加了一句:

"抱歉没有联系到你,托马斯。我想你不在家。"

"是的。"

"别担心,来,我向你介绍一下我们这群散兵残将。"

原本我还怀疑这群人是不是亨利的朋友,但他们的谈话很快消除了我的疑虑。梵·勒文先生一一为我引见:

屠考特先生(扶手椅上)

某某先生(壁炉旁)

某某先生(壁炉旁,"你很年轻。")

艾略特先生(沙发上)

某某先生(沙发上,"死得漂亮。")

詹伯斯先生(沙发上)

他们亲密地交谈起来,聊的不完全是亨利,而是亨利所崇拜的一些东西:斐德列克公爵在乌尔比诺建的图书馆,亚历山大港的伟大图书馆,艾萨克·牛顿的书信,库普兰的音乐,以及"卡达琳娜";他们当中只有梵·勒文先生见过她。

我不知道该留还是该走,也不知道如何留下来,如何离开。

一个多小时后,我离开了。我径自站起身,踱了出去,连大衣和行李箱都没拿。

亨利享年六十九岁七个月零二十四天，只比母亲晚走一天。

我乞求上帝不要再有如此凄凉的死亡了。

并不是说母亲的死对我造成的冲击没有亨利的强烈，但亨利的去世使我在失去了他的同时也失去了母亲。我失去了他的感情在母亲身上投射的光芒。

就某一方面而言，母亲和亨利携手步入了黑暗。

亨利将所有世上的财产，包括房子、价值几千加元的股票和债券以及存款（78999.88元）都留给了母亲和我。这是留给我的遗产，然而，当然，这些无法弥补我的损失，任何损失都无法弥补。

亨利过世的几个星期之后，我才去拜访他的墓地。这对我来说是一件困难的事，但我还是去了。之后我常常去。他的墓碑是一块光滑的长方形黑色花岗岩石碑，与其他石块和雕像相比显得很温暖，上面用优雅的字母雕刻着他的名字，名字下方用较细的字体刻了一行拉丁文：

spatio brevi spem longam reseces

我研究过这五个词，但始终无法确定它的意思是

人生短暂；勿存宏愿

还是

将伟大的希望寄放在小小的空间里。

上面一行是字面的意思，但完全不是亨利的风格。我不相信他会削减自己的希望，即使片刻也不会。（当然，他最大的希望便是获得卡达琳娜的爱。）

第二行的翻译是错误的，但不折不扣是亨利的写照。坟墓只不过是一个更为谦逊的地方，用来存放他的本质：希望。

所以我选择以第二种方式诠释 *spatio brevi* 两个词，象征爱情的延续。

然而，对 *spatio brevi* 两个词的怀疑，正是促使我写下这个故事的因素之一。

我是说，二月，当我拂去亨利墓碑上的积雪时，我突然想到，我不确定亨利在选择这则特别的墓志铭时脑海里在想什么，这不正是我们两人间关系的典型写照吗？我开始回想，我对他这一生的了解是多么有限。谁是他亲近的朋友？梵·勒文先生？詹伯斯先生？为什么我没有花点儿心思问问他呢？

墓园深埋在白雪中。

天气寒冷，但是阳光耀眼，天空一片湛蓝。雪地上，可以见到其他造访者的脚印。

我是不是唯一对死者知之甚少的人？

我到底知道些什么？

一个人会爱一个自己不了解的人吗？

很奇怪，对不对？这些小问题居然引发了那么多的写作灵感。

14

至此，我已经绕了一个圆圈，或走完了一个螺旋，或只是冒出了地面。（我的意思是，时间便是地面，我承认我不擅长比喻。）

我正坐在书房的一张大木桌前，面对一扇可以望见街景的窗户。这是一九九七年九月十五日。

此刻是早上十一点，天气寒冷。

在我旁边的书桌上，摆着这六个月来陪伴我的东西，没有特意排序：

诗集（《诺顿诗选》）

信件（卡达琳娜写给埃德娜的）

《金银岛》

信封（里面有金沙）

《黛拉·弗朗西斯卡或爱的欢宴》

发条转钮（来自一件丢失的太阳系仪）

时间表（一九七八年起）

《马契鲁斯·斯特拉图斯·帕尔西尼乌斯的一生》

草药（来自乌姆盖斯尔）

亚历山大二世栖息在书架旁，从横木的一端移到另一端，然后再移回来。过去这些天里，它表现得特别活跃。*

我想它感受到了我的焦虑。你明天就会来了（晚上七点），我承认，一想到这一点我就很伤脑筋。

所以为什么要邀请你来呢？

这个问题我可以回答的。

几个月前的一个晚上，我以为那或许是我们最后一次在一起。因为睡不着，我拉开了你卧室的窗帘，想看看窗外。我看到街角的商店，小房子，屋顶，所有的一切都被月光或

---

* 我通篇很少提及我那两只亚历山大，但它们在我的生命中十分重要。每次步入客厅，掀起鸟笼的布幔，听见它们的叫声时，我都有种受到祝福的感觉。我曾经常听亚历山大一世叫：

"呱……快跑……快跑……"

近来则听亚历山大二世叫：

"度夏摩亚……呱……维什查亚度夏……

即便不会说话，我的鸟儿们也是高贵的。每当注视亚历山大这只非洲灰鹦鹉，我都不免思考它千里迢迢来到我身边的历程，以及是谁教它说话的。

当亚历山大一世从栖息木上摔落，无助地扇动着翅膀，在笼内转了几圈后终于死去时，我感到难过极了。

当时的我就像孩子一样，彷徨无助。

雪漂白了。我正在想那些和白色有关的词汇（牛奶、象牙、百合、粉笔），这时你说：

"到床上来……"

你背对着窗户，身子一动不动，仿佛在说梦话。

我几乎怀疑你是否在和我讲话。

然后，我又一次想到：你对我了解多少呢？

正如你说的：

"汤姆，你从来没有请我到你那儿去过……"

然而，只有在那一刻，当我站在窗前，才突然想到我从来没有邀请过任何人到家里来，包括我所爱的这个女人。这让我感到惊慌。

因此，几个月后，我邀请你到这个家来，尽管这个家是我的，也是亨利的。

早上我花了许多时间打扫。

奇怪的是，有些房间明明很少使用，仍是变得很脏。

我的意思是，你会认为是我把房间弄脏了，不错，我常去的房间确实不太整洁。

但即使是很少光顾的房间，比如地下室和三楼的那些房间，也需要经常打扫。

我不是有洁癖，绝对没有。房间干不干净其实无所谓。

我所享受的是打扫房间的生理感觉。

以我的卧室为例。

我会换床单，铺床，扫地，擦墙，用报纸和醋清洁窗户。

每件事都是一种享受，而决定先做哪件事也是一种乐趣（换、铺、扫、擦或清洁），也就是制订打扫房间的计划。

总之，今天早上我在掸灰时并没有特意想着什么，却突然记起许久前的一个晚上：

母亲和亨利在实验室中，周遭很暗，只有一束小小的黄色火焰从下方照亮了他们的面孔。他们面前的桌子上放着一个大得出奇的钟形广口瓶，瓶中放着两三只看起来像是棕色飞蛾的生物，正扑打着翅膀向上飞腾，然后化成一团明亮的白色火焰。

我当时吓坏了，但仍对那些飞蛾能燃烧出那么明亮的火焰感到不可思议。它们照亮了小小房间的每一个角落。

母亲轻挽着亨利的手臂，两人同时抬起头，相视而笑。

当然，他们不是在残杀飞蛾。我认为的飞蛾其实是一块块方形的宣纸，上面涂着某种含磷物质。当亨利让空气进入瓶中时，它们便飞腾并燃烧起来。

我被迷住了，直到今天我才记起这一幕，这令我感到懊恼。有那么一瞬，我觉得有些不安，唯恐我写的这些东西是对自己的一种误读。

我会不会比我想象的更快乐？

唔，是，也不是……

时间毕竟不是地面，它会将往事冲刷干净，而不会考虑次序和理性。我的生命会以无数片段的形式于记忆中回溯，从帕布伦到墓地，每个片段都在改变着我生命的轮廓。

在时间停止前，我将拥有数千个童年。

但这个童年自有其必要性。

直到六个月前，我还不认为回望过去有多么重要。我满足于封闭自己。

然后，一缕好奇悄然滋生。

那不是什么特定的时刻，并且毫无来由；又或者，也有其特定的时刻和理由。

上个星期，当你不顾红灯，准备穿越银行街时，我用手按住了你的手臂。

"玛丽亚。"我叫了一声。

一辆车子疾驰而过，距离我们不到两英尺。

"什么事，汤姆？"

而我说：

"没事。"

因为我当时的困惑无以言表。

当注视着你踏下人行道边缘时,我同时是我自己、母亲和外婆。

毕竟,我来自某个地方。

过往有其形状,但只有拉开距离,它看上去才不那么模糊易逝。假以时日,我会看得更清晰,必要时会再度开始追忆另一段往事。

那是我所能做的事,我的意思是,等待。

其实,如今回想起来,我从很早的时候便开始这么做了:保持安静,观察,等待。

我曾认为亨利的耐心有点儿过头,但我不知道,是否正是等待将我和他联系在一起,因为对他而言,等待就是爱。

我的耐心比不上他,但是,你知道,我相信我也能等待。其间或许有焦虑,有悲伤,但就像亨利一样,当中也有希望……有信仰……

无论时间将带来什么。

附注

小说中的部分内容曾以不同形式发表于下列杂志：加拿大独立文学杂志《流亡》(*Exile*) 和《这本杂志》(*This Magazine*)。

第53页诗歌选段出自奥西普·曼德尔施塔姆诗集《石头》(*Stone*)。Copyright ©1981 by Princeton University Press, translated by Robert Tracey. Reprinted by permission of Princeton University Press.

第121页马塔夫哼唱的歌词出自歌曲"I Can't Help Myself (Sugar Pie Honey Bunch)"，由布莱恩·霍兰、拉蒙特·多齐尔和小爱德华·霍兰等人演唱。Copyright ©1965

Renewed 1993 Jobete Music Co., Inc. All Rights Controlled and Administered by EMI Blackwood Music Inc. (BMI) on behalf of Stone Agate Music (A Division of Jobete Music Co., Inc.). All Rights Reserved. International Copyright Secured. Used by Permission.

书首引语出自让－约瑟夫·拉贝阿利维洛的诗歌《你的作品》("Ton oeuvre")（原文为法语）。英文译文由原诗作者提供。

第6页诗歌选段出自阿奇巴德·兰普曼《热度》("Heat")一诗。第8页诗歌选段出自他的《九月》("September")一诗。

第127－128页诗歌选段出自约翰·邓恩《病中赞歌》("Hymn to God My God, in Sickness")一诗；第156页诗歌选段出自托马斯·怀亚特《长久之爱是我的心灵港湾》("The Long Love That in My Thought Doth Harbor")一诗。

第141页"学科"选段摘自1941年版《罗热同义词词典》(*Roget's Thesaurus*)。

第279页开普勒的星图摘自亚历山大·夸黑《从封闭世界到无限宇宙》(*Du monde clos à l'univers infini*)一书。

图书在版编目（CIP）数据

童年漫游者 /（加）安德烈·亚历克西斯著；胡洲
贺译. -- 北京：北京联合出版公司, 2019.11
ISBN 978-7-5596-3389-7

Ⅰ. ①童… Ⅱ. ①安… ②胡… Ⅲ. ①长篇小说－加拿大－现代 Ⅳ. ① I711.45

中国版本图书馆 CIP 数据核字 (2019) 第 135192 号

著作权合同登记 图字：01-2019-5048
CHILDHOOD by Andre Alexis
Copyright © 1998 by Andre Alexis
Published by arrangement with McClelland and Stewart, a division of Penguin Random House Canada Limited, through The Grayhawk Agency
本书译文经北京阅享国际文化传媒有限公司代理，由立村文化有限公司授权使用

童年漫游者

作　　者：[加] 安德烈·亚历克西斯
译　　者：胡洲贺
责任编辑：管　文
特邀编辑：白　雪　吕宗蕾
营销编辑：梁　颖　王蓓蓓
封面设计：李照祥
内文排版：杨兴艳

北京联合出版公司出版
(北京市西城区德外大街 83 号楼 9 层　100088)
新经典发行有限公司发行
电话 (010) 68423599　邮箱 editor@readinglife.com
保定市中画美凯印刷有限公司印刷　新华书店经销
字数 172 千字　850 毫米 ×1168 毫米 1/32　10.25 印张
2019 年 11 月第 1 版　2019 年 11 月第 1 次印刷
ISBN 978-7-5596-3389-7
定价：55.00 元

版权所有，侵权必究
未经许可，不得以任何方式复制或抄袭本书部分或全部内容
本书若有质量问题，请与本公司图书销售中心联系调换。电话：010-68423599